Hrsg. Sina Blackwood

DIE ZEIT FLIEGT MITSAMT DER UHR

MIX
Papier aus verantwortungsvollen Quellen
Paper from responsible sources
FSC® C105338

FSC
www.fsc.org

Bibliografische Informationen der Deutschen Nationalbibliothek:
Die Deutsche Nationalbibliothek verzeichnet diese Publikation in der Deutschen Nationalbibliografie; detaillierte bibliografische Daten sind im Internet über http://dnb.de abrufbar.

© 1. Auflage April 2018
Herausgeberin Sina Blackwood

Coverbild: fotolia 103929984/ Портрет ужчины в стиле стимпанк © jeka_pi
Umschlaggestaltung: Sina Blackwood
Layout: Sina Blackwood

Die Personen und Namen in diesem Buch sind frei erfunden. Ähnlichkeiten mit heute lebenden Personen sind rein zufällig und nicht beabsichtigt.

Herstellung und Verlag:
BoD – Books on Demand, Norderstedt
ISBN: 978-3-752-81380-7

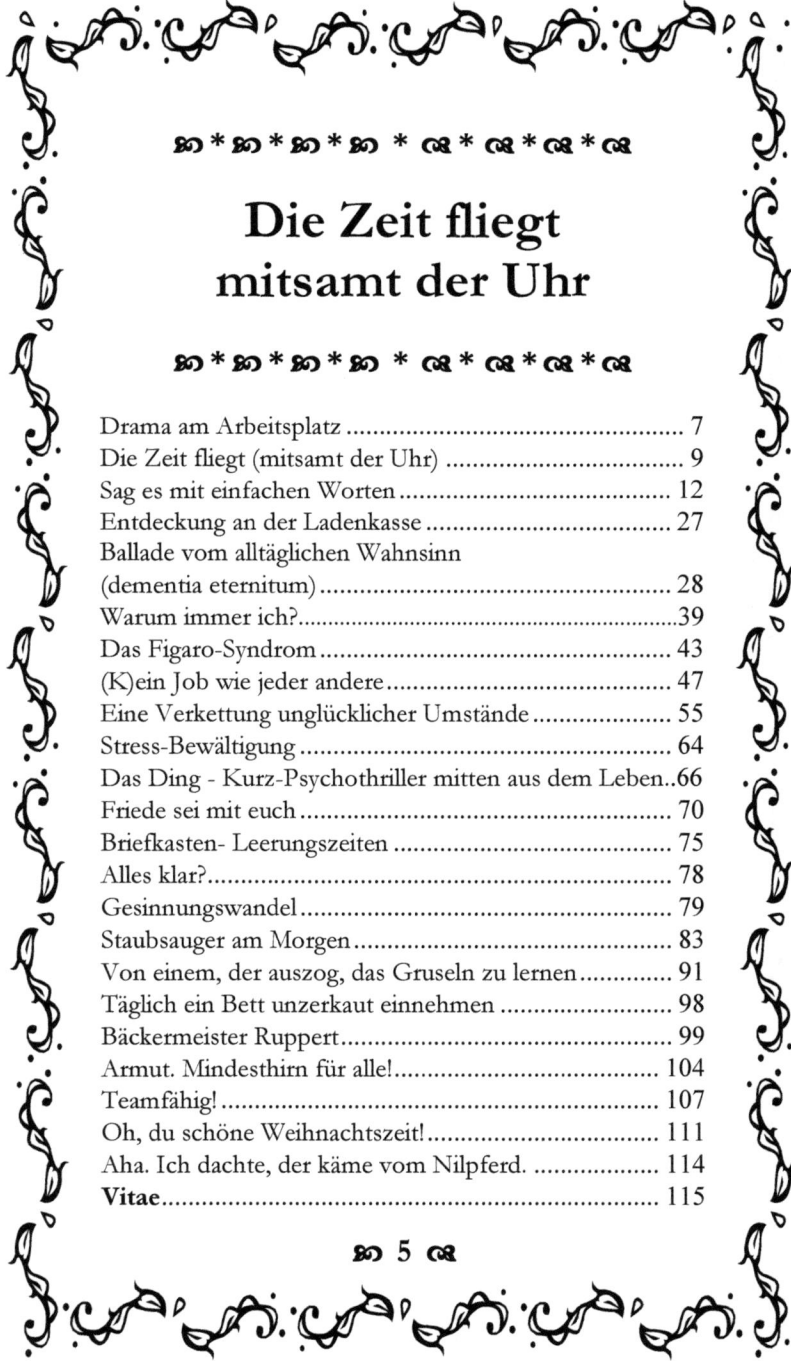

Die Zeit fliegt mitsamt der Uhr

Frank R. Bulla

Drama
am Arbeitsplatz

Der letzte Gehetzte petzte und wetzte,

bis man ihn in der Luft zerfetzte

und durch einen anderen ersetzte

und so die Stelle neu besetzte,

was ihn sehr verletzte

und ihm einen derartigen Hieb versetzte,

dass eine Träne seine Augen benetzte.

Sina Blackwood

Die Zeit fliegt (mitsamt der Uhr)

Es kommt das Grauen jeden Morgen,
wenn Chef mit seiner Gattin naht.
Bis dahin hatte keiner Sorgen,
wenn er um Audienz nicht bat.

Passieren Fehler, ist's der Kleine,
der sich nicht wirklich wehren kann.
Der bringt das Chaos dann ins Reine,
steht für die Firma seinen Mann.

Tagein, tagaus das miese Spiel.
Der Frust als Wolke hängt im Haus.
Dann kommt der Tag, da wird's zuviel,
die Wut bricht als Tornado aus.

Der Sklave lehnt sich offen auf,
spricht aus, was hier im Argen liegt.
Der Chef ist baff, die Gattin schnauft,
sie knallt die Tür, die Wanduhr fliegt.

Die knallt zu Boden, splittert gar.
Die Zeit läuft weiter, hält nicht auf,
trotz Riss, der nun im Kunststoff war.
Und nur Chefs Frau ist jetzt schlecht drauf.

Und die Moral von dem Gescheh'n?
Chefs Frau hat selber sich bestraft.
Sie muss die Uhr nun täglich seh'n,
die sie vor Wut herunter warf.

Und wenn wer meint, sie kauft 'ne Neue,
der irrt gewaltig. Geiz ist geil!
Das wär' doch Perlen vor die Säue!
Die Alte tut's noch eine Weil'.

Die Kundschaft lass ruhig Sprüche klopfen,
weil's aussieht wie Akt 3 Wildwest.
Verloren sind hier Malz und Hopfen.
Das Schamgefühl hat eh den Rest.

Matthias Albrecht

Sag es mit
einfachen Worten

Es gibt Menschen, die in ihre Gespräche mit Freunden, Bekannten oder Arbeitskollegen unzählige Fremdwörter einflechten, um besonders intelligent zu wirken. Dabei wissen sie in den meisten Fällen nicht einmal, was die Begriffe bedeuten und machen sich darüber hinaus lächerlich und unbeliebt. Sie kennen sicher einige dieser Rhetorik-Genies auch aus Ihrem Umfeld.

Mein Kollege, Waldemar Labermann, war von dieser Sorte. Er hörte sich gern reden, mischte sich permanent in Gespräche ein, hatte zu allem eine Meinung und nutzte jede sich ihm bietende Gelegenheit, seinen Mitmenschen auf die Nerven zu gehen. Wer ihn nicht kannte, versuchte noch während der ersten Sekunden seinen wirren Gedanken zu folgen, um sich dann kopfschüttelnd abzuwenden.

Das fehlerhafte Anwenden von Fremdwörtern war nicht der einzige Fallstrick, den sich Waldemar legte, und über den er letztlich stolperte. Er geriet während seiner Ausführungen von einer gehobenen, ja eloquent zu nennenden Ausdrucksweise in eine sehr gewöhnliche, geradezu primitive Art. Dies war symptomatisch für Waldemar, der gern etwas darstellen wollte, wozu ihm die Voraussetzungen fehlten. Und wie er redete, so schrieb er auch. Darüber hinaus hatte er mit Rechtschreibung und Grammatik arge Probleme.

Damit kein falsches Bild entsteht: Waldemar war beileibe nicht dumm. Er hatte eben seine Defizite. Wenn er allerdings die vom Sachbearbeiter abgelehnten Anträge und sonstigen, bearbeiteten Posteingänge sortierte, registrierte, stempelte und abheftete, arbeitete er konzentriert und gewissenhaft. Er hatte ein Händchen für die auf den Fenstersimsen wuchernden Zimmerpflanzen, konnte besseren Kaffee kochen als die Chefsekretärin Beate – was diese, sofern wir eine Bemerkung darüber machten, regelmäßig auf die Palme brachte – und sorgte beizeiten für Nachschub an Büromaterial. Daneben war er unser Mann für Tabellenkalkulation und Statistik, denn solange er keine Sätze bilden oder gar Berichte schreiben musste, war alles in bester Ordnung.

Nun halte ich nichts von Purismus auf Teufel komm raus; habe also grundsätzlich nichts gegen Fremdwörter. Doch – ist der Wortschatz der deutschen Sprache nicht umfangreich genug, auch mit einfachen, allgemeinverständlichen Worten all das ausdrücken zu können, was einem auf den Nägeln brennt?

Bekanntermaßen steckt der Teufel ja im Detail. An diesem verhängnisvollen Montagmorgen steckte er als Anfrage der Redaktion unserer

länderübergreifenden, justizeigenen Wirtschafts-
zeitschrift „DER NEUE JUSTIZÖKONOM" im
Faxgerät. Man suchte noch händeringend Bei-
träge zum Thema: „Das zeitgemäße Rollenver-
ständnis moderner Wirtschaftsbetriebe unserer
Justizvollzugsanstalten". Mittwoch Mittag war
Redaktionsschluss. Die Zeit drängte! Und so
machte sich Waldemar, ohne uns von dem Fax
zu erzählen, an die Arbeit.

Unser Vorgesetzter war im Urlaub, der stell-
vertretende Referatsleiter auf Dienstreise, die
Chefsekretärin lag zu Hause mit einer Sommer-
grippe in Erwartung baldiger Genesung darnie-
der und ihre einzig infrage kommende Vertrete-
rin – ebenfalls in Erwartung – im Kreißsaal der
hiesigen Frauenklinik. Und wir übrigen fünf
Mitarbeiterinnen und Mitarbeiter? Wir waren auf
uns allein gestellt.

Anstatt nun das zu tun, was alle taten, wenn
die Katze, respektive der Kater, aus dem Haus
war, nämlich Däumchen drehen, sich stunden-
lang über die jüngsten Urlaubserlebnisse austau-
schen, die neuesten Computerspiele herunterla-
den und die Füße auf den Tisch legen oder die
Vorgänge mit dem „Eilt-sehr-Stempel" im Post-
verteilerraum – natürlich reinweg „versehentlich" – dem nächstbesten Referat unterjubeln,
kramte Waldemar das Manuskript eines seiner

früheren Aufsätze aus den unergründlichen Tiefen seiner Schreibtischschublade hervor. Dann öffnete er ein neues Word-Dokument und begann wie ein Irrer, die Tastatur seines Computers zu bearbeiten. Er wusste, wie gern es der Leiter der Abteilung IV des STAATSMINISTERIUMS DER JUSTIZ, Herr Ministerialdirigent Rottweiler, sah, wenn regelmäßig Artikel seiner Referate in der Zeitschrift erschienen. So konnte er einerseits Nähe zur Basis demonstrieren und andererseits – sozusagen durch die Blume – dem Fußvolk die Vorstellungen, Erwartungen und den Willen des Olymps kundtun.

Waldemars damaliges Aufsatz-Thema passte wie die Faust aufs Auge: „Anforderungen an die Qualifikationsstruktur von Strafgefangenen beim Arbeitseinsatz an rationalisierten Arbeitsplätzen". Zweieinhalb Arbeitstage und zehn Überstunden später hatte Waldemar seine ursprünglichen vierundzwanzig A-4-Seiten vollständig überarbeitet und auf neunzehn statt der von der Redaktion als Maximum zugelassenen fünf „geschrumpft". Weniger war beim besten Willen nicht drin. Dann hatte er das Machwerk per Mail-Anhang zwanzig Minuten vor Einsendeschluss abgeschickt.

Ein Monat war seither vergangen. Längst waren der Referatsleiter aus dem Urlaub und sein Stellvertreter wohlbehalten von der Dienstreise zurückgekehrt. Auch die Chefsekretärin erfreute sich wieder bester Gesundheit, und ihre Stellvertreterin war zum dritten Mal Mutter eines ebenso gesunden Mädchens geworden.

Waldemar hatte niemandem von seinem Artikel erzählt. Desto größer der Knall, als die Bombe eines Tages platzte. Kurz nach halb Zehn vormittags drang schallendes Gelächter der Sekretärin aus dem Vorzimmer unseres Referatsleiters. Es folgten einige Sekunden der Stille, dann wieder herzhaftes Lachen, das ab und an von einem Bass – der verwundert fragenden Stimme unseres Vorgesetzten – unterbrochen wurde. Wenig später schlug die Tür zum Gang zu, die zu unserem Büro öffnete sich und Beate – hochrot im Gesicht – stolperte, noch immer lachend, herein.

„Ha-habt ihr das schon ge-gelesen?" Sie schnappte nach Luft, schwenkte die neueste JUSTIZÖKONOM-Ausgabe wie ein Lasso über dem Kopf, knallte sie mir auf den Schreibtisch und tippte mit dem Zeigefinger auf die Überschrift eines Artikels. „Da-da-das müsst ihr gelesen haben!", krähte sie, während ihr die Tränen über die Wangen kullerten. Ich nahm das

Heft und las: „Anforderungen an die Qualifika-zionsstrucktur von Strafgefangenen beim Ar-beitseinsatz an rattzionalisierten Arbeitsplätzen". Ich schaute fragend auf. „Abgesehen davon, dass es gravierende Rechtschreibfehler enthält, klingt es ja nun nicht unbedingt lustig."

„Lies, wer es geschrieben hat!"

Ich glaubte, meinen Augen nicht trauen zu können. „Ein Beitrag von Waldemar Labermann – Mitarbeiter des Referats IV-4 des Staatsmi-nist… – ja, da leck mich doch! Ich nehme an, unser Chef weiß es schon?"

„Hat's gerade eben erfahren und ist mit 'nem Exemplar wutentbrannt aus dem Zimmer. Wahrscheinlich zum Abteilungsleiter. Waldemar kann er sich ja nicht zur Brust nehmen; der hat heute Dienstfrei wegen seines erkrankten Va-ters."

„Hast du noch mehr Zeitschriften?"

„Könnt jeder eine haben. Müsst euch aber beeilen mit dem Lesen. Ich könnte mir denken, dass sie der Alte einziehen lässt, wenn er das mit dem Artikel erfährt."

„Dann kopiere ihn doch schnell, bevor unser Chef wiederkommt. Dann haben wir ihn für alle Fälle gesichert."

„Gute Idee!"

Und während die Sekretärin im Vorzimmer verschwand, zogen wir uns Waldemars geistige Ergüsse zu Gemüte. Ich gebe seinen Artikel hier nur auszugsweise wieder – wer wollte Ihnen schon zumuten, neunzehn Seiten geballten Schwachsinns verdauen zu müssen?! Ja, Sie haben richtig gelesen. Nicht was den Schwachsinn betrifft – der versteht sich bei Waldemar von selbst –, sondern den Umfang. Die Redaktion hatte doch tatsächlich das komplette Manuskript, zudem ohne es zuvor zu korrigieren, direkt aus dem Mailanhang kopiert und in den Druckdatensatz eingefügt. Später erfuhren wir auch den Grund: Waldemar war der Einzige gewesen, der überhaupt etwas zum Thema eingereicht hatte. Und da sein Machwerk in der letzten Minute eintrudelte, hatte man sich nicht die Mühe gemacht, es zu überfliegen, geschweige denn Korrektur zu lesen. Wozu auch? Schließlich kam es direkt aus dem Ministerium. Da sollte es ja wohl bereits die Zensur und das hauseigene Korrektorat passiert haben.

Anforderungen an die Qualifikazionsstruktur von Strafgefangenen beim Arbeitseinsatz an rattzionalisierten Arbeitsplätzen

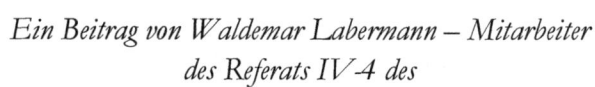

Ein Beitrag von Waldemar Labermann – Mitarbeiter
des Referats IV-4 des
STAATSMINISTERIUMS DER JUSTIZ

Zunächst müssen wir feststellen, daß es zwei Arten von Rattzionalisierung gibt. Da wäre zum einen die Observierung von Betriebsabläufen zu nennen, also die wirklich zeitsparenste und efekktiveste Art und Weise der Arbeitsbewältigung. Zum anderen verstehen wir darunter das Ersetzen der menschlichen Arbeitskraft durch compjutergesteuerte Produktzionsabläufe, wie den Einsatz von Industrierobbotern beispielsweise, welche in kürzester Zeit präzzise und fehlerfrei das ganze Zeug zusammenzuschustern in der Lage sind. Das nennt man dann Rattzionalisierungsinquisizion, weil man da schon ein bißchen Geld ausgeben, also etwas infestieren muss, wenn man was erreichen will.

Die Wirtschaftsbetriebe unserer Vollzugsanstalten sind gut beraten, wenn sie diese Infestizion nicht auf die leichte Schulter nehmen. Denn hier kann man doch verteufelt viel sparen. Und zwar bahres Geld! Falsche Infestizionen im Nachhinein zu korrodieren, ist mühsam und aufwändig, obendrein mit Kosten verbunden und hat finale Folgen, wie beispielsweise eine Rezension für die Wirtschaft im Lande. Kein

Wunder, daß dann unser Staatshaushalt kollaboriert, wenn es alle so machen. Den Dreck hat der Steuerzahler, und dass geht dann echt ans Eingemachte.

Der Justizvollzug ist nun mal leider das letzte Rad am Wagen. Halt so wie ein zweites Reserverad, daß man mitschleppt, falls man mal zwei Pannen auf einmal hat, was so selten ist wie ein weiser Elefant oder eine Giraffe mit zwei Köpfen ...

Und vier Seiten später hieß es:

... hatte es der Komponent Wagner ungleich einfacher, als er seine „Meistersinger von Nürnberg" oder andere Operas kombinierte. Denn da hatte er ja künstlerische Narrenfreiheit, und keiner konnte ihm was, weil er ja überall im Lande und darüber hinaus berühmt und beliebt war. Sogar bei den Natzionalsolisten im dritten Reich, was ja was heißen will.

Unser Staatsminister Marquart ist auch berühmt – also zumindestens bei uns Beamten –, doch man schaut ihm von oben genau auf die Finger, was er so macht. Und wenn er einmal Mist baut, also Gelder verschuldet, muss er seinen Hut nehmen. Was heißen soll, das er dann seinen Posten zur Vergnügung stellt, denn er steht nun mal im Lokus der Öffentlichkeit. Dafür kriegt er ein bischen mehr Gehalt im Monat als der durchschnittliche Beamte, und das ist ihm zu gönnen bei der Verantwortung, die er hat.

Aber auch er kann nicht einfach machen, was er will, obwohl er es bestimmt wollen würde, und es werden ihm dann jede Menge Scheine in den Weg gelegt.

Und wer jetzt die Hypotenuse aufstellt, das da irgendwer ein Kompott geschmiedet hätte, der irrt sich. Jedoch noch lange kein Grund, über zu reanimieren oder gar ein Ensemble zu stationieren, indem man jemanden bloßstellt und seines Amtes enthebt, weil man einen Sühnenbock braucht.

Wir sollten also ein bischen mehr Vertrauen zu unserem Staatsminister haben, denn schließlich ist er eine Konifere auf seinem Gebiet, was heißen soll, dass er sehr kommponent ist und es nicht leiden kann, wenn jemand erst so und dann anders redet. Diese Art von Inkontinenz kann er gar nicht ab. Und das ist nur allzu verständlich, denn er muss ja den Kopf dafür herhalten, wenn jemand Mist baut oder solchen redet. Und alles kann er ja nun mal nicht vorhersehen, denn er ist halt auch nur ein Mensch und hat keine telegrafischen Fähigkeiten.

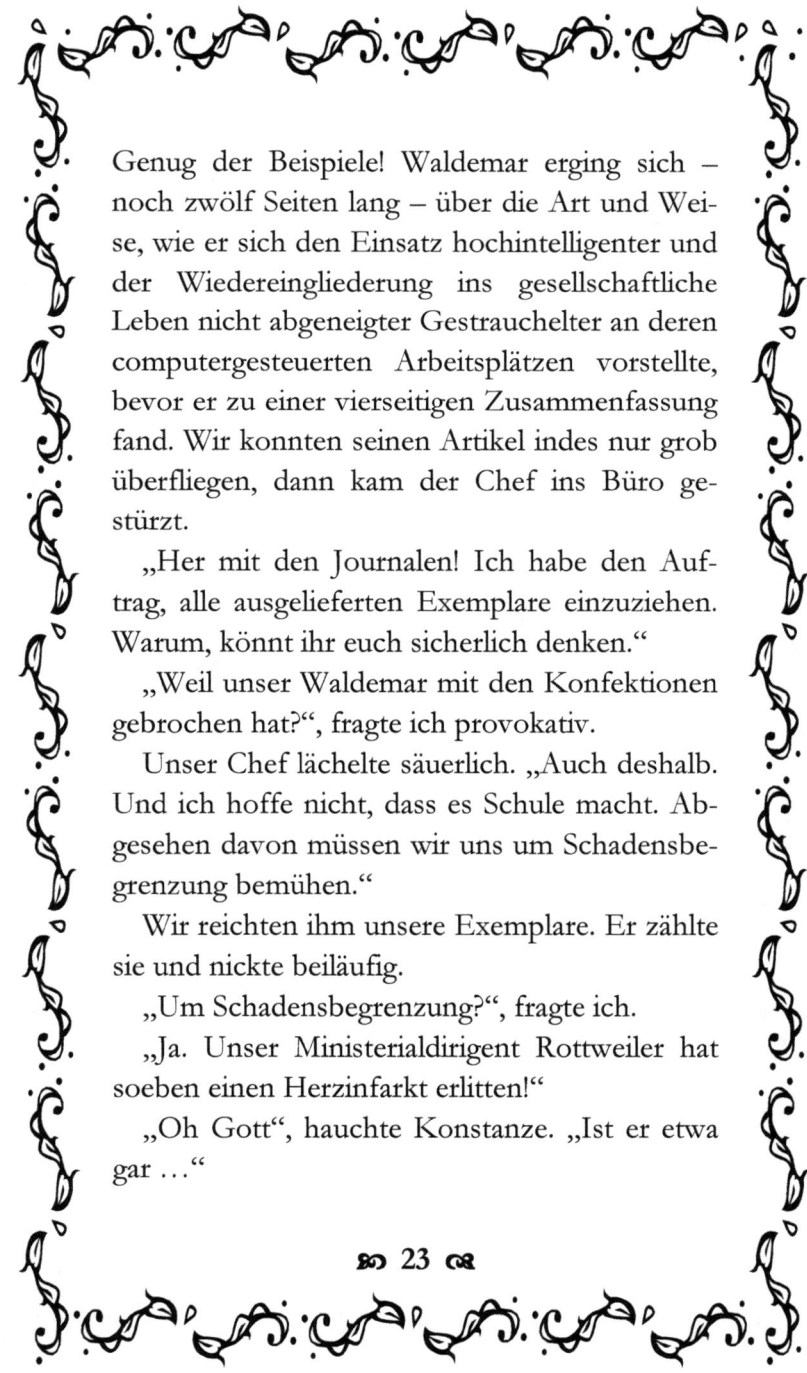

Genug der Beispiele! Waldemar erging sich – noch zwölf Seiten lang – über die Art und Weise, wie er sich den Einsatz hochintelligenter und der Wiedereingliederung ins gesellschaftliche Leben nicht abgeneigter Gestrauchelter an deren computergesteuerten Arbeitsplätzen vorstellte, bevor er zu einer vierseitigen Zusammenfassung fand. Wir konnten seinen Artikel indes nur grob überfliegen, dann kam der Chef ins Büro gestürzt.

„Her mit den Journalen! Ich habe den Auftrag, alle ausgelieferten Exemplare einzuziehen. Warum, könnt ihr euch sicherlich denken."

„Weil unser Waldemar mit den Konfektionen gebrochen hat?", fragte ich provokativ.

Unser Chef lächelte säuerlich. „Auch deshalb. Und ich hoffe nicht, dass es Schule macht. Abgesehen davon müssen wir uns um Schadensbegrenzung bemühen."

Wir reichten ihm unsere Exemplare. Er zählte sie und nickte beiläufig.

„Um Schadensbegrenzung?", fragte ich.

„Ja. Unser Ministerialdirigent Rottweiler hat soeben einen Herzinfarkt erlitten!"

„Oh Gott", hauchte Konstanze. „Ist er etwa gar …"

„Man hat ihn mit dem Rettungswagen abgeholt. Jetzt können wir nur die Daumen drücken!"

Nach ein paar Sekunden pietätvollen Schweigens fragte ich: „Was – was wird jetzt mit Waldemar geschehen?!"

„Waldemar ist zu weit gegangen. Ich werde ihn mir morgen früh vornehmen. Es läuft alles darauf hinaus, dass er in eine der unteren Abteilungen versetzt wird. Wenn ihm nichts Schlimmeres droht ..." Dann suchte er den Augenkontakt zu unserer Sachbearbeiterin Konstanze. „Was denkst du, kriegst du das mit dem Kaffeekochen auch so hin wie er?"

Konstanze erbleichte. „Ich? Eh ..."

„Vergiss es", sagte der Chef und trat hinaus ins Vorzimmer. „War eine rein rhetorische Frage."

„Armer Waldi", seufzte Konstanze, als der Chef die Tür geschlossen hatte. „Irgendwie tut er mir leid."

Sie sprach aus, was alle dachten.

Kurz vor Feierabend betrat unser Chef mit starrem Blick und leichenblass das Büro. Uns schwante das Schlimmste. Eine Zeitlang wagte es niemand, ihn anzusprechen. Dann fragte Claudia: „Und? Ist – ist er ..."

Der Chef schüttelte mit offenem Mund langsam den Kopf. „Rottweiler ist über 'n Berg. Und auch Waldemar, wie es aussieht."

„Auch Waldemar?"

„Der Herr Staatspräsident Marquart hat den Artikel sowohl amüsiert als auch äußerst …" Der Chef schluckte. „… wohlwollend zur Kenntnis genommen und gemeint, dass dieser nach entsprechender Überarbeitung und Korrektur als Aushängeschild für Innovation und modernes Denken innerhalb der Justiz gälte."

„Waaas?"

„Ja. Morgen soll Waldemar beim Alten antanzen. Möglicherweise wird er befördert oder erhält zumindest eine saftige Leistungsprämie."

„Nicht möglich …"

„Tja, wie es aussieht, hat Waldemar den Vogel abgeschossen."

„Demnächst richten die noch ein eigenes Referat für ihn ein!", brummte ich sarkastisch.

Ein knappes halbes Jahr später war ich Mitarbeiter im neuen Referat IV-6: „Länderübergreifende ökonomische Grundsatzfragen, Logistik, Innovation, Outsourcing" der Abteilung „Justizvollzug, Soziale Dienste und Justizbau". Und ich war stolz auf meinen Referatsleiter Waldemar Labermann. Insgeheim wird er schon

als Nachfolger unseres alternden Abteilungslei-
ters gehandelt.

Und – mal ganz unter uns – ich glaube, er hat
gute Chancen, diese Planstelle zu bekommen!

Sina Blackwood

Entdeckung
an der Ladenkasse

Bitte den
Einkaufskorb auf`s
Band stellen !!
KORB 🧺 NICHT WAGEN 🛒

Halloren

© Sina Blackwood 2015

Michael Gimmel

Ballade vom alltäglichen Wahnsinn (dementia eternitum)

Es eilt ein Mensch zum Telefon,
ruft leicht nervös: „Ich komme schon",
dieweil er sehr darunter leidet,
dass ihm, noch ganz und gar bekleidet
wie er gerad' das Haus betrat,
sich schon des Tages Mühsal naht.
Denn dieser Mensch, gar keine Frage,
kämpft an der Hotline alle Tage.

Es ruft wer an, weil er vergessen
sein Passwort und ist drum versessen
auf einen raffinierten Trick,
zu ignorier'n das Missgeschick.
Es findet prompt ein tröstend Wort
die gute Seele vom Support
und schon kann drauf die Arbeit starten,
der nächste lässt nicht auf sich warten.

Der hat ein schwieriges Problem:
es läuft gar nichts – und außerdem,
das muss man schon mal lauthals sagen,
platzt ihm sowieso bald der Kragen.
Die ganze Software ist doch Mist,
weil sie so unbegreiflich ist.
Der Hotline-Mensch die Nase rümpft,
wenn man so unbegründet schimpft.

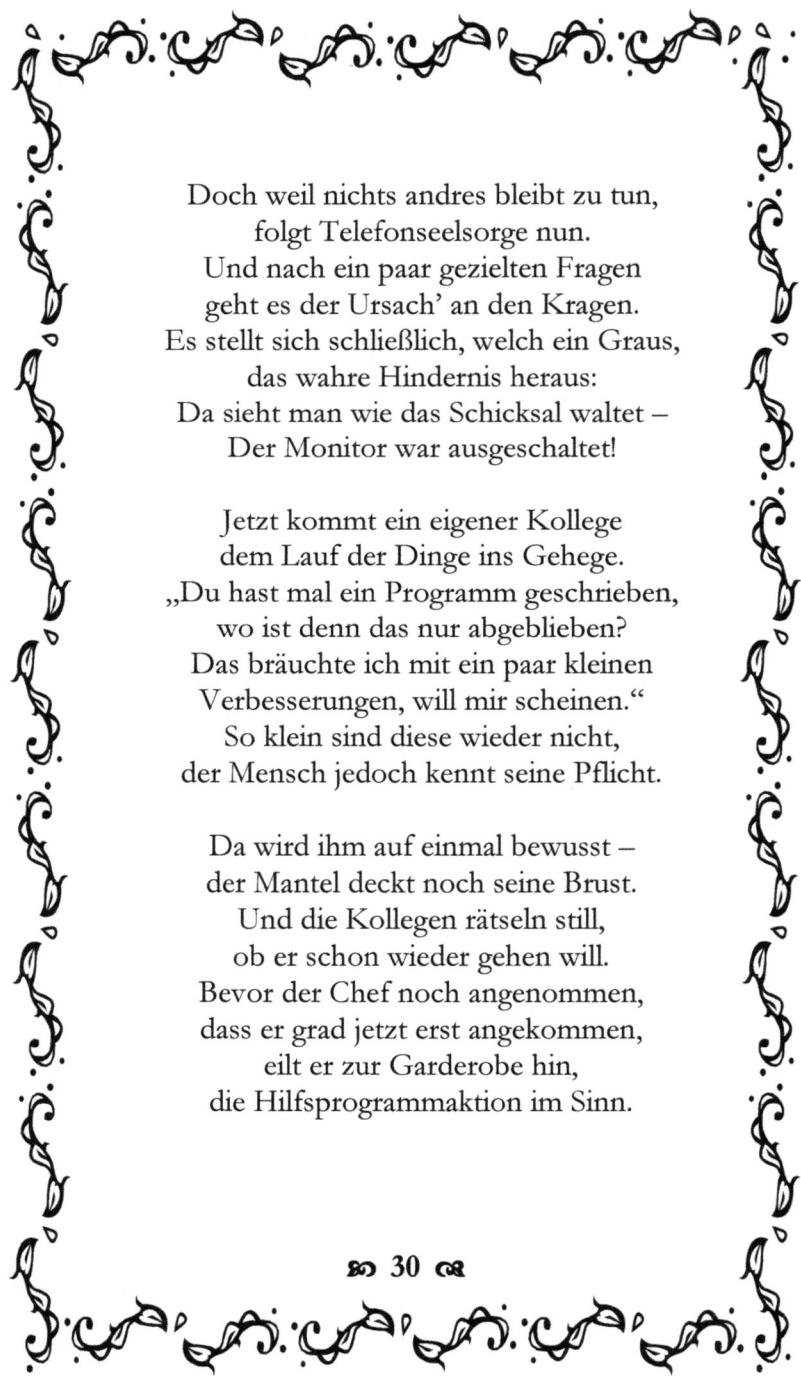

Doch weil nichts andres bleibt zu tun,
folgt Telefonseelsorge nun.
Und nach ein paar gezielten Fragen
geht es der Ursach' an den Kragen.
Es stellt sich schließlich, welch ein Graus,
das wahre Hindernis heraus:
Da sieht man wie das Schicksal waltet –
Der Monitor war ausgeschaltet!

Jetzt kommt ein eigener Kollege
dem Lauf der Dinge ins Gehege.
„Du hast mal ein Programm geschrieben,
wo ist denn das nur abgeblieben?
Das bräuchte ich mit ein paar kleinen
Verbesserungen, will mir scheinen."
So klein sind diese wieder nicht,
der Mensch jedoch kennt seine Pflicht.

Da wird ihm auf einmal bewusst –
der Mantel deckt noch seine Brust.
Und die Kollegen rätseln still,
ob er schon wieder gehen will.
Bevor der Chef noch angenommen,
dass er grad jetzt erst angekommen,
eilt er zur Garderobe hin,
die Hilfsprogrammaktion im Sinn.

Bevor er aber dazu kommt,
da läutet sein Gewissen prompt.
Nein, es war doch das Telefon
und wieder ruft er: „Komme schon!"
Nun ist es mal ein echter Fehler
und zwar ein gottverdammter Quäler.
Und obendrein hört er berichten,
Fernwartung gibt es dort mitnichten.

Nun gut, dann muss man eben fragen.
Der Kunde soll die Daten sagen.
„Was steht auf Ihrem Schirm geschrieben?"
„Der Schirm? Der ist zu Haus geblieben!"
„Der Bildschirm ist's Problem, so glaub' ich."
„Da drauf steht *Schwein*, weil er so staubig!"
„Nun buchstabier'n sie doch genau
die Fehlermeldung, gute Frau!"

Nur ja nicht die Geduld verlieren
(der Anwender wird's schon kapieren).
Und grad bevor er angepfiffen
hat er's am Ende doch begriffen.
Der renkt sich jetzt die Zunge aus
und bringt doch Kauderwelsch nur raus.
Es kennt nun mal nicht jede Frau
das Englische so ganz genau.

Der Mensch ist keineswegs verstört,
er hat genau'stens zugehört
und aus dem Stammeln unbeirrt
den Sinn der Meldung extrahiert.
„Nun ein paar ganz spezielle Daten,
die können Sie mir noch verraten.
Sie geben das und das jetzt ein."
Da fährt es ihm durch Mark und Bein:

Um das Dilemma zu verschlimmern,
hört man's am andern Ende wimmern.
„Wo find ich denn das Zeichen nur,
bei mir hier auf der Tastatur?
Und wo hat's «größer als» die Spitze,
von mir geseh'n, so wie ich sitze?
Und ist denn schließlich überhaupt
das Eingeben mir hier erlaubt?"

„Ganz ruhig", hört man den Menschen sagen
(der Fall fängt langsam an zu plagen),
„ich bin ja da, 's wird alles gut,
wenn man genau, was ICH sag, tut.
Das Zeichen ist gleich unterm A."
„Tatsächlich, ach da ist es ja!"
„Nach rechts zeigt es, was nur zutrifft,
drückt man zugleich die Taste Shift"

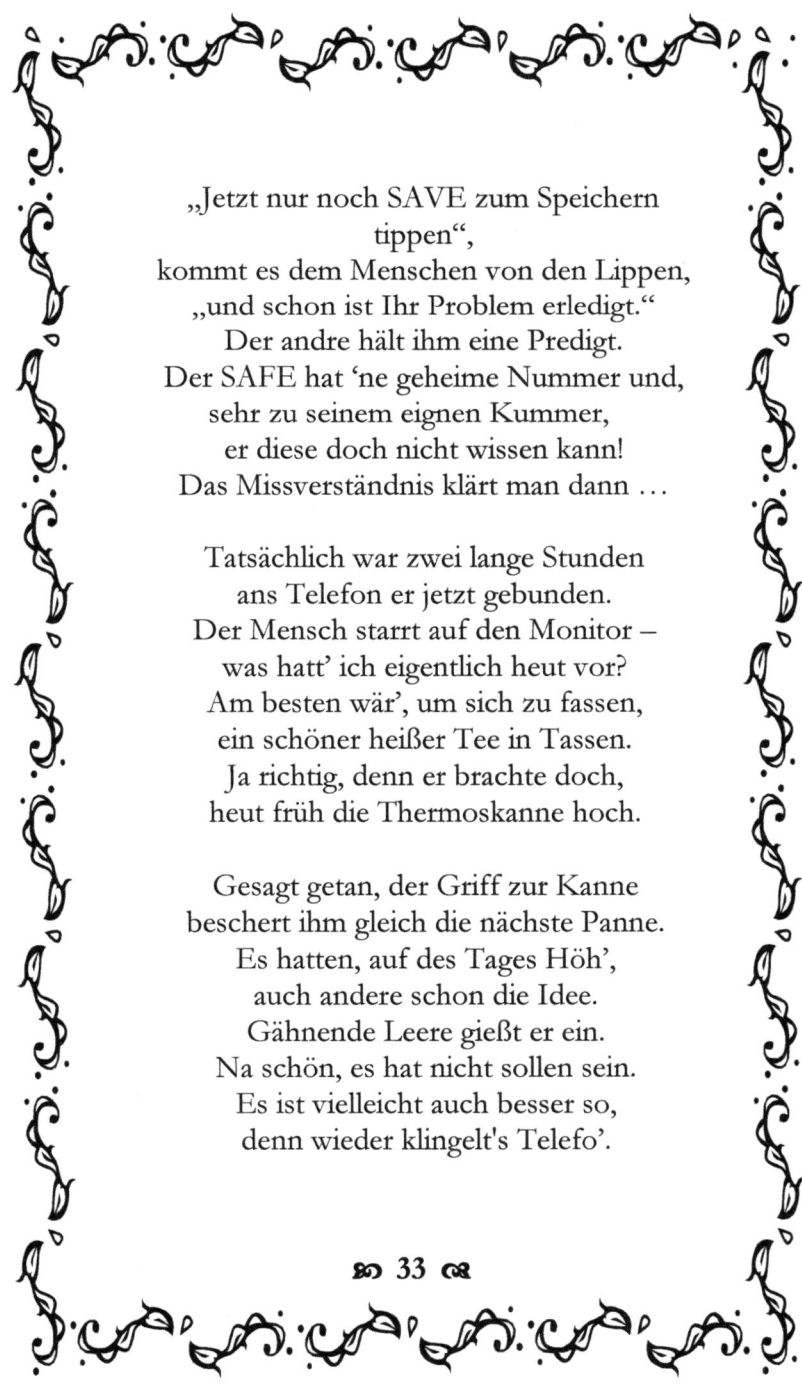

„Jetzt nur noch SAVE zum Speichern
tippen",
kommt es dem Menschen von den Lippen,
„und schon ist Ihr Problem erledigt."
Der andre hält ihm eine Predigt.
Der SAFE hat 'ne geheime Nummer und,
sehr zu seinem eignen Kummer,
er diese doch nicht wissen kann!
Das Missverständnis klärt man dann …

Tatsächlich war zwei lange Stunden
ans Telefon er jetzt gebunden.
Der Mensch starrt auf den Monitor –
was hatt' ich eigentlich heut vor?
Am besten wär', um sich zu fassen,
ein schöner heißer Tee in Tassen.
Ja richtig, denn er brachte doch,
heut früh die Thermoskanne hoch.

Gesagt getan, der Griff zur Kanne
beschert ihm gleich die nächste Panne.
Es hatten, auf des Tages Höh',
auch andere schon die Idee.
Gähnende Leere gießt er ein.
Na schön, es hat nicht sollen sein.
Es ist vielleicht auch besser so,
denn wieder klingelt's Telefo'.

Das Thema ist nicht seine Sache,
weil eigentlich er nicht vom Fache.
Doch vom Kollegen er gebeten,
den krankheitshalber zu vertreten,
versucht er sich 'nen Reim zu machen,
auf bisher nie gehörte Sachen.
Da fällt ihm schließlich doch was ein
und auch vom Herzen noch ein Stein.

Er presst ans Telefon sein Guschel und
spricht nun in des Hörers Muschel:
„Sie seh'n doch viele kleine Bildchen,
ich mein ein ganz bestimmtes Schildchen.
Da gehen Sie gleich einmal drauf
und machen jetzt ein Fenster auf.
Das Fenster müssen Sie nun ENTERn."
Der Schreibtisch droht dabei zu kentern.

Der Kunde greift zur Augenklappe
und einer roten Kopftuchkappe.
„Brauch ich dazu 'nen Enterhaken?",
getraut er sich wahrhaft, zu fragen!
„Sie soll'n den ENTER-Button drücken!!"
Der Bildschirm geht dabei zu Stücken.
„Nur mit der Maus soll'n Sie drauf zielen .."
Mensch hofft, dass nun die Groschen fielen.

Am andern Ende der Verbindung
versucht sich einer mit Sinnfindung.
Was bei ihm nur den Ekel schürt,
er habe Mäuse nie berührt,
und täte er's, das sei doch doof,
fiel sie hinunter in den Hof,
weil's Fenster offen noch, im Nu
mach' er's wohl besser wieder zu.

Nach einem Schnellkurs Microsoft,
da funktioniert es wie erhofft.
„Jetzt halten Sie die eine Taste
ganz fest, dass sie nicht mehr ausraste
und fahren mit dem Cursor stracks
nach rechts, das ist doch nur ein Klacks.
Danach ist alles, was wir wollen,
markiert" - So hätt' es wohl sein sollen!"

Der andere behauptet stur:
„Markierung? Davon keine Spur!
Hingegen kann ich nicht mehr seh'n,
wo bisher tat mein Cursor steh'n!"
Nach zehn Versuchen, wiederholt,
fühlt sich der Hotline-Mensch verkohlt.
Er hat's doch ganz präzis' beschrieben.
Markierung, die ist ausgeblieben.

Verzweifelt und schon am Ausrasten
fragt er den andern nach den Tasten,
womit der sonst denn unentwegt
den Cursor hin und her bewegt.
„Wieso denn Tasten? Ei der Daus, ich hab
doch in der Hand die Maus!“
Weil missverständlich war das Meiste,
verschob er nur die Bildlaufleiste

„Nun passen Sie mal auf, mein Herr,
am besten ist, Sie schicken her
die Unterlagen und die Daten,
damit sind besser wir beraten!“
Gesagt, getan. Auch das Problem
löst sich damit doch sehr bequem.
Warum, dem Herrgott sei's geklagt,
hat er denn das nicht gleich gesagt?

Es flattert auf den Tisch nunmehr
ein Fax, schon eine Stunde her.
Dieweil die Hotline war besetzt,
hat man die Meldung so gesetzt.
Sehr dringend sei es! Na, und schon
greift unser Mensch zum Telefon
und lauscht, vorm Telefone kauernd,
die späte Reaktion bedauernd.

Minutenlang und voller Qual
hört er das Fernsprechrufsignal.
Doch niemand mehr erbarmt sich seiner.
Im Hause ist dort scheinbar keiner.
In der Zentrale klappt's dann doch,
heut' wäre aber just Mittwoch:
„Die Arbeitszeit ist heut um drei
für den Kollegen längst vorbei."

Nun langsam kommt er zu den Sachen,
die er schon früh hat wollen machen.
Wobei, welch große Ungemach,
Konzentration lässt langsam nach.
Die Frau, die immer alles reinigt,
fragt abends ob es ihn nicht peinigt,
dass seine Tasse unbenutzt …
Der Hotline-Mensch blickt auf und stutzt.

Selbst heißes Wasser gibt es wieder.
Ein Ruck geht durch die müden Glieder.
Er gießt die Tasse voll, entzückt,
wie dieses Labsal ihn beglückt.
Da lässt das Telefon sich hören –
es wird ihn doch kein Kunde stören,
um diese Zeit, wo routiniert
den Code er hin und her jongliert?

Erstaunt erkennt er ganz genau
die Vorwurfsstimme seiner Frau:
„Mein Schatz, ich frag mich, wo du bleibst
und was um diese Zeit du treibst?"
Ein Blick zur Uhr lässt ihn erkennen,
die Zeiger auf die Acht zu rennen.
Verschiebt das Weitere auf morgen –
alltäglich sind ja diese Sorgen.

Iris Fritzsche

Warum immer ich?

Wenn irgend etwas schief geht, oder merkwür-
dig ist, erwischt es meistens mich. Keine Ah-
nung warum das so ist. Vielleicht bin ich ja prä-
destiniert für merkwürdige Ereignisse weil ich
für UFOs, Außerirdische und irdische Abson-
derlichkeiten offen bin. Nun traf es mich gleich
zwei Mal in kurzem Zeitabstand.

Das erste Mal geschah es sogar im Ausland.
Mit einer Gruppe von Freunden fanden wir uns
zu einem Arbeitstreffen in der schönen Stadt
Děčín zusammen. Das Hotel, ein ehrwürdiges
altes Gebäude, hatte sogar einen Fahrstuhl.
Doch der war alles andere als normal. Von der
Größe her entsprach er eher einer kleinen Be-
senkammer als einem Aufzug. Und er hatte
einen sehr eigenwilligen Charakter! So weigerte
er sich konsequent, mehr als eine Person samt
Gepäck pro Fahrt zu befördern. Da ich dieses
bei der ersten Tour aber nicht wusste, bestieg
ich das Gefährt gemeinsam mit einer Kollegin.
Ich schloss die Tür. Der Aufzug hopste etwa
drei Zentimeter in die Höhe. Fiel wieder zurück
in die Ausgangsstellung, das war's. Wir guckten
uns beide an. Keiner konnte sich einen Reim
darauf machen.

Höflich, wie ich nun mal bin, öffnete ich die
Tür und stieg wieder aus. Kaum hatte ich den
Besenkammerfahrstuhl verlassen, schloss die
Tür selbsttätig. Erstaunt folgte ich dem ver-
schwindenden Gefährt mit den Augen. Warum
wollte der mich nicht mitnehmen? Waren wir

zusammen etwa zu schwer für den alten Kerl? Ich habe es nie herausgefunden! Aber ab diesem Ereignis nutzte ich den Aufzug nur noch als Einzelperson!

Doch es sollte nicht das letzte Mal gewesen sein, dass ein Fahrstuhl mich mit seinem Eigenleben überraschte. Wenige Tage nach meiner Rückkehr aus dem Nachbarland, führte eine Fahrt mich in die Landeshauptstadt Dresden. Hier wollte ich an einem Con teilnehmen.

Der Veranstaltungsort lag in einem Neubaugebiet am Rande der Stadt. Im Erdgeschoss befand sich die Kantine. Die Tagungsräume dagegen im ersten Obergeschoss. Dort hinauf führte eine hölzerne Wendeltreppe. Nachdem ich diese misstrauisch beäugt hatte, entschied ich, dass meine kaputten Knie Treppen eigentlich so gar nicht mögen. Doch irgendwie musste ich hinauf! Zu meiner großen Freude entdeckte ich kurz darauf, dass auch dieses Gebäude einen Fahrstuhl besaß.

An den alten Kumpel Fahrstuhl aus Děčín dachte ich in diesem Moment überhaupt nicht mehr. Dieser hier sah auch viel moderner aus, Edelstahl und Glas! Wer sollte da Böses argwöhnen? Frohen Mutes drückte ich also auf das Knöpfchen, um ihn herbei zu rufen. Er kam auch prompt! Die Tür öffnete sich. Ich ging hinein. Tür zu. Button für die obere Etage gedrückt. Und dann geschah es.

Anstatt zu starten, sprach eine Stimme! Sie sagte, dass ich mich gedulden solle, die Notrufzentrale wäre alarmiert und in Kürze vor Ort. Völlig verdattert schaute ich mich um. Hatte ich versehentlich auf den falschen Knopf gedrückt? Nein, deutlich leuchtete der Erste-Etage-Knopf. Und während ich noch guckte, setzte sich der Fahrstuhl in Bewegung und brachte mich ans gewünschte Ziel. Tür auf – ich raus.

Sicherheitshalber blickte ich mich nochmals um. Nichts – brav auf neue Fahrgäste wartend, stand er mit geschlossener Tür da. Noch immer eine Fehlfunktion vermutend, sprach ich den Veranstaltungsboss auf den Vorfall hin an. Der wollte die Sache gleich prüfen. Stieg nun seinerseits in den Fahrstuhl. Fuhr hinunter und wieder hinauf. Wiederholte dieses mehrmals. Doch er vernahm keine Stimme. Auch als ich gemeinsam mit anderen Teilnehmern fuhr, war nix.

Fuhr ich aber allein, beglückte mich die Stimme erneut mit ihrer Mitteilung, dass die Notrufzentrale alarmiert sei. Zwei Mal sprang ich sogar wieder aus dem Fahrstuhl heraus. Doch es half nichts. Kein anderer Veranstaltungsteilnehmer hörte diese Stimme. Schließlich gab ich es auf, mich gegen die Notruf-Ansage zur Wehr zu setzen. Trotz dieser Warnung benutzte ich den Aufzug weiterhin. Aber bis heute frage ich mich:

Warum immer ich?

Frank R. Bulla

Das Figaro-Syndrom

Vielleicht ist Ihnen das auch schon mal passiert: Wähnte sich da doch Ihr Gegenüber angesichts Ihrer derzeitigen Redseligkeit, von Ihnen mit Belanglosigkeiten zugetextet zu werden. So fühlte es sich daraufhin zu der rhetorischen Feststellung genötigt: „Hast du denn keinen Friseur, dem du das erzählen kannst!?"

Nun ja, manche Mitarbeiterinnen und Mitarbeiter von Friseursalons müssen sich seitens ihrer Kundschaft wohl in der Tat eine Menge anhören: Seltener wohl Kritik an ihrer künstlerischen Tätigkeit (denn wer gibt schon gerne zu, dass die vorbildhafte Frisur bei Brad Pitt oder Sandra Bullock um Längen besser aussah!?), dafür aber die aktuellsten Krankheitsbilder, Familientragödien, Klatsch und Tratsch oder was des Menschen Herz noch so alles berührt ...

Aber zuweilen ist es auch umgekehrt: Da steht die Fachkraft des Salons in demselben, vertieft in emsige und kunstvolle Schnippelei und noch vertiefter in geradezu tiradisch geführte verbale Haarspalterei. Da kann sich König Kunde, mittels Umhängetuch auf dem Friseurstuhl fixiert, nur schwer zur Wehr setzen, zumal wenn er nicht wirklich an dem Interesse findet, was ihm der Haarverschönerer da aufschwatzen will. In diesem Falle hilft vermutlich nur: Abschalten, an etwas anderes denken, vielleicht gar ein Ohr auf die inneren Verdauungsvorgänge werfen und hoffen, dass der Redeschwall bald vorüber oder - was noch besser wäre - die Frisur alsbald gerichtet ist!

Aber bis dahin ist noch ein langer Weg - denn eine Tirade zeichnet sich gerade dadurch aus, dass sie vehement und auch nicht unbedingt immer in aller Kürze geführt wird. Das Schlimmste ist, wenn die haarsträubende Fachkraft - vertieft in ihr Referat - beim virtuosen Führen der Schere plötzlich innehält, im Klang der eigenen Worten schwelgend, mit jenem verklärten, in die Ferne schweifenden Blick: Da ringt der von Scherenschnitten und Worten Überfrachtete um Contenance - kommen ihm doch die Minuten wie Stunden vor, die Stunden wie Tage, und ein Ende der Kopfschmuck-Verschönerung scheint kaum mehr absehbar ...

Da endlich naht die Erlösung! Der Barbier hält Ihnen den Spiegel hinter den Kopf, auf dass sich dessen Halbkugel darin spiegeln und Sie in wahre Begeisterungsstürme ausbrechen mögen. Kaum hingesehen, haben Sie sich dies unsäglich fesselnde Umhängetuch vom Leibe gerissen, haben der Fachkraft den Lohn in die Hand und - verbunden mit einem schnell hingeworfenen „gefällt mir" - das Trinkgeld in die Kitteltasche gesteckt und sind - den Mantel noch nicht ganz übergezogen - aus dem Salon gestürmt ...

Eigentlich - da es heutzutage dank schwächelnder Konjunktur vielen Friseursalons gar nicht so gut geht - sollten die redseligsten Kopfverschönerer unter ihnen ihr verbales Talent gewinnbringend nutzen und all das, was sie bewegt, nach Hörbuch-Manier auf CD-ROM bringen, für die sie letztlich gar noch eine empfindliche Schutzgebühr verlangen könnten. Passend zum Zeitgeist von SMS und E-Mail, kann dann auch hier des Coiffeurs Kunde frei wählen, ob und wann er den vielsagenden Worten seines Haarspezialisten lauschen möchte - und kann sich ab dem nächsten Friseurbesuch endlich wieder voll auf die wirklich angenehmen Seiten jener Haarverschönerung konzentrieren, die der Meister ihm da angedeihen lässt!

Sina Blackwood

(K)ein Job
wie jeder andere

Ulla ahnte nicht, auf was sie sich einließ, statt eines sicheren und gut bezahlten Halbtagsjobs in einer Softwarebude, eine miserabel vergütete Vollzeitstelle im hinterletzten Viertel dieses Planquadraten unseres Sonnensystems anzunehmen.

Es begann damit, dass sich der erste Arbeitstag verschob, weil man dort noch nicht mal die Computertechnik für ihren Einsatz bereitgestellt hatte. Ulla war viel zu glücklich, endlich wieder einen Job gefunden zu haben, als sich über kleine Widrigkeiten wirklich einen Kopf zu machen. Wenn sie allerdings im Nachhinein so überlegte, dann war das Ganze schon recht seltsam gewesen. Die Bearbeiterin des Arbeitsamtes wollte ihr nämlich den Ausdruck der Kontaktdaten mit den Worten: „Das ist schon vergeben, wir haben es bloß noch nicht gelöscht", sofort wieder abnehmen.

„Ich versuche es trotzdem", hatte sie damals geantwortet, worauf das Verhängnis seinen Lauf nahm.

In freudiger Erwartung grandioser Abenteuer mit einer neuen Crew, machte sie sich am ersten Tag superzeitig auf den Weg. Allerdings mit ihrem eigenen kleinen Flitzer und nicht mit dem öffentlichen Verkehrsmitteln, wie es ursprünglich geplant gewesen war. Mit denen hätte sie nämlich fast die fünffache Zeit gebraucht, weil das Ziel fernab der großen Routen lag und das mehrfache Umsteigen in echten Stress ausgeartet wäre.

In was sie hier hineingeraten war, schwante ihr allerdings recht schnell – nämlich ab dem Moment, wo sie Preislisten ins EDV-System einpflegte und schon am nächsten Morgen wieder völlig falsche Preise über den Monitor flimmerten. Sie hatte alles doppelt kontrolliert und sogar mit Bleistift Haken auf die fertigen Listen gesetzt.

Das war ihr in ihrer langjährigen Arbeit mit diversen Computersystem noch nie passiert. Nachfragen beim Chef zwecklos – „Sie sind zu dämlich", lautete die unterschwellige und fast nett verpackte Antwort.

Ulla beschloss, das Ganze im Auge zu behalten. Mit jeder neuen Preisliste zweier Lieferanten begann immer wieder dasselbe Spiel. Bis sie endlich begriff, dass die Frau des Chefs beim Einbuchen der alten Eingangsrechnungen die frisch geänderten Preise ohne Sinn und Verstand wieder zurücksetzte.

Da Einspruch eh nur auf taube Ohren stieß, begann sie, nach jeder Runde die Preise wieder neu einzutragen. Ziemlich nervenaufreibend, aber wenigstens herrschte Ruhe.

In der Firma, einem Catering-Service mit mehreren kleinen Lagern, war sie auch für die Einhaltung der Hygienevorschriften zuständig. Nicht einfach, wenn sich die Lager über den Keller, zwei Garagen und den Oberboden erstreckten und zudem die großen Töpfe direkt auf dem Hof geputzt werden mussten, weil anderweitig kein Raum für Feuchtarbeiten zur Verfügung stand.

Die Küchenhelfer hatten so auch oft mit dem Problem zu kämpfen, dass im Winter bei heftigen Minusgraden die Lappen am Metall festfroren. Von wegen, auch noch heißes Wasser nehmen zu wollen!

„Wer soll denn das bezahlen???"

Irgendwie musste man sich ja durch ausgehandelte Festpreise und sonstige Widrigkeiten wursteln. Noch dazu, wo die von Jahr zu Jahr immer niedriger und die dafür erwarteten Leistungen immer höher geschraubt wurden. Da blieb halt alles auf der Strecke, was nicht unbedingt supergründlich desinfiziert werden musste.

Anweisungen von übergeordneten Stellen wurden breitgefächert ausgelegt, so sie nicht gleich ganz ignoriert wurden.

Klappe halten – sonst Job weg.

Eine Mittagspause stand zwar auf dem Papier, nur interessierte das die Geschäftsleitung wenig, wenn Lieferanten auf dem Hof standen. Und die kamen, weil sie wussten, dass sie hier auch mittags bedient wurden, ausgerechnet dann, wenn die Belegschaft gerade die Brotdosen zückte.

Irgendeiner musste immer drei Stockwerke in den Keller rennen, Waren annehmen und wieder hinaufhetzen, um einen Happen zwischen die Zähne zu nehmen.

So bürgerte es sich rasch ein: Essen hineinschlingen und auf einen Spaziergang verschwinden. Sonst wäre die Pause völlig hinüber gewesen. Dieses Prinzip mussten die Kollegen auch beibehalten, als die Firma in größere, ebenerdige Räume umzog.

Wobei der Umzug an sich schon ein Thema war, das die Belegschaft ernsthaft an der geistigen Gesundheit der Chefs zweifeln ließ. Die Untergebenen wurden nämlich gröblichst zusammengehustet, Außenstehenden etwas vom Umzug „verraten" zu haben. Dabei hatten sie just im Augenblick des Anschisses überhaupt erst erfahren, dass die Firma umziehen sollte. Wohin, blieb noch für ein paar Wochen ein gut gehütetes Geheimnis, das viel Raum für Spekulationen bot.

Das neue Domizil bot erst einmal viel Platz, wurde aber mit dem chaotischen Sammelsurium der alten, zum Teil steinalten Möbel und Werkzeuge ausgestattet. Was fehlte wurde möglichst billig beschafft und taugte entsprechend wenig. Wobei der Lieblingsspruch der Chefetage lautete: „Wer billig kauf, kauft doppelt."

Dass sich auf der wurmstichigen Holzleiter keiner den Hals brach, ist wohl der Tatsache zu verdanken, dass alle Stühle und sonstiges bevorzugten, um hoch hinauf zu kommen. Eine neue Alu-Leiter kam erst infrage, als der Boss selber mit der Holzkrücke in arge Bedrängnis geriet.

Hier wurde aber auch deutlich, dass nur die Leute Gehör erhielten, die ihren Kopf möglichst tief in den Hintern des Vorgesetzten stecken konnten. Ulla war manchmal versucht, den beiden Lieblingen zusätzlich ganze Tuben voller Gleitgel für gutes Gelingen zu spendieren.

Zudem ließ sich die Chefetage von fast allen Mitarbeitern unterschreiben, dass der Chef-Urlaub ein Geheimnis war und auf Geheimnisverrat der Tod stand. Mit einem breiten, wenn auch versteckten, Grinsen, taten ihm alle diesen Gefallen, wohl wissend, dass solches unter sittenwidrig fiel.

Aber, wenn es danach gegangen wäre, dann hätte der Catering-Service gleich schließen können. Es werde wohl für immer ein Geheimnis bleiben, mit welchen Methoden die Firma zu lebensnotwendigen Genehmigungen kam, die sie im Regelfall nie bekommen hätte. Kontrollen fanden seltsamerweise nur mit Voranmeldung statt und die Prüfer schienen blind, taub und stumm zu sein.

Da wurden die verdorbenen Nahrungsmittel genau neben den neuen gelagert und Abfälle mit der Lieferung an den Kunden im selben Auto und gleichzeitig transportiert. Dass Mäuse über Tische, Stühle, Bänke hüpften, verstand sich von selbst, und war kein Grund, sich sonderlich darüber aufzuregen. Hin und wieder verreckte eine irgendwo und wurde ganz unspektakulär auf dem Hof entsorgt, da es nicht einmal eine eigene Mülltonne gab.

Plastikmüll wurde in gelben Säcken in der Warenschleuse gesammelt und oft neben den Schreibtischen abgestellt, obwohl Kundschaft im Büro war. Bemerkungen darüber wurden gar nicht erst zur Kenntnis genommen. Wozu auch? Die Billigarbeiter in der Firma galten eh als der letzte Dreck und wurden auch genau so behandelt.

Außer natürlich die Schleimer.

Bei denen war es erstens egal, ob sie ihr Tagespensum während der Arbeitszeit schafften und zweitens konnten sie auch am Wochenende gut bezahlt arbeiten, um das nachzuholen. Und ob einer von denen bereits mittags zu Hause war und die Beine hochlegte, obwohl alle davon wussten, interessierte auch nicht. Dumme Sprüche gab es nur für den dämlichen Rest, der sich anstrengte, alles richtig zu machen. Logisch, dass die beiden besonders Fleißigen auch mehr Geld bekamen als der Mob.

Auch das am Morgen später in die Firma kommen und sich erst einmal noch eine Viertelstunde fürs Büro putzen, wurde wortlos toleriert, während bei allen anderen jede Sekunde gezählt wurde. Eigentlich unverständlich, dass nicht noch jemand mit der Stoppuhr den Toilettengang der restlichen Belegschaft überwachte.

Auch nicht, dass das Versprechen, mit längerer Firmenzugehörigkeit mehr Geld zu bekommen, nur heiße Luft war.

Warum der Teil der wirklich arbeitenden Belegschaft nicht offen rebellierte?

Weil sie da bereits allesamt über 50 Jahre alt waren und kaum vermittelbar gewesen wären, hätte sie der Boss entlassen.

Aber Gottes Mühlen mahlen. Zwar langsam, aber stetig. Irgendwann schlägt das miese Karma zurück. Dann trifft der Blitz punktgenau, und wenn es beim Unkrautjäten ist.

P.S. Und das tat er dann auch.

Matthias Albrecht

Eine Verkettung unglücklicher Umstände

Meinen Nachbarn Wolfgang bedrückte etwas. Das sah ich ihm an, als ich die Tür öffnete. Man kennt sich ja schließlich lange genug.

„Du musst mir helfen, Harry. Mir fällt nichts Originelles für mein Seminar am Montag ein. Vielleicht hast du ja 'ne Idee."

Ich bat ihn herein. „Setz dich und schieß los! Welches Seminar?"

„Ich muss an der Uni eines leiten zum Thema: Kausalitätsprinzip – Ursache und Wirkung. Ist soweit auch kein Problem, nur wollte ich abschließend irgendeine lustige Begebenheit zum Besten geben, die das Ganze anschaulich untermalt. Mir fällt aber nichts Originelles ein."

Ich überlegte kurz. „Ich glaube, da hab ich was für dich. Etwas, das mir selbst widerfahren ist. Damals im zweiten Lehrjahr am Theater."

„Muss aber was Lustiges sein!"

„Das ist es. Zumindest fanden es, außer ich, alle komisch."

„Du machst mich neugierig", sagte Wolfgang. „Übrigens – darf ich mein Diktiergerät benutzen?" Ich hatte nichts dagegen. Er schaltete es ein, legte es auf den Tisch und lehnte sich erwartungsvoll zurück. Tja, und dann erzählte ich ihm von meinem Missgeschick als angehender Bühnentechniker während einer Aufführung Ende der Siebziger im Schauspielhaus Leipzig:

Kleinere Pannen während der Vorstellungen gab es immer mal wieder, doch der Zuschauer merkte davon in der Regel kaum etwas. Größere waren glücklicherweise sehr selten und konnten dazu führen, dass der Verursacher zur Kasse gebeten wurde, wenn er infolge seiner Unachtsamkeit das Stück „schmiss", also die Aufführung verdarb. Als ich eines Tages in Brechts Dreigroschenoper unfreiwillig zur Erheiterung des Publikums beitrug, war ich im Nachhinein froh, dass mir keinerlei Fehlverhalten nachgewiesen werden konnte.

Gegen Ende des letzten Bildes musste ich in der Verkleidung eines englischen Polizisten ein hölzernes Schafott von der linken zur rechten Bühnenseite tragen, drei Meter vor dem Portal abstellen, Mackie Messer den Strick um den Hals legen und diesen dann mit ernster Mine und ausgestreckten Armen straff halten, um den Befehl zur Hinrichtung des Schurken abzuwarten. Für diesen Acht-Minuten-Auftritt bekam ich damals ganze drei Mark. Ich hatte mich nebst anderen Kollegen allerdings nicht des Geldes wegen bereit erklärt, hin und wieder in diese kleine Statistenrolle zu schlüpfen; es war einfach das prickelnde Gefühl, auch mal im Rampenlicht stehen zu dürfen.

Die Städtischen Theater Leipzigs hatten trotz staatlicher Förderung mit finanziellen Engpässen zu kämpfen, und so gab es für diesen Auftritt lediglich eine einzige Uniform, die gefälligst jedem, der gerade an der Reihe war, zu passen hatte. So auch mir. Die Haube war eine Nummer zu groß, die Jacke dafür eine zu klein, und in die Hose hätten zwei von meiner Statur gepasst. Dünne Hosenträger hielten den Bund in der Höhe meiner Hüften, und bei jedem Schritt, den ich tat, federte das unmögliche Kleidungsstück einige Zentimeter auf und ab.

Ich stand auch an diesem Abend wieder in der Gasse neben dem Inspizientenpult und wartete auf mein Zeichen. Das Lampenfieber hielt sich in Grenzen; ich hatte schließlich keine Sprechrolle, während derer ich mich hätte verhaspeln können. Das Zeichen kam. Ich griff mir mein „Schafott", das nichts anderes war als ein schwarz gestrichenes dreistufiges Holzgestell, und trabte mit der steifen Würde eines britischen Schutzmanns los. Ich kam auch ganz gut bis zu der Stelle inmitten der Bühne, an der ich stets – von den Zuschauern unbemerkt – einen Blick in den Souffleurkasten zu werfen und mit dem rechten Augenlid zu zwinkern pflegte, hockte doch die dicke Waltraud, auch Flüsterwalli genannt, in diesem Gehäuse und lachte sich im Stillen schlapp über mein unmögliches Outfit. Ausgerechnet heute saß dort aber der „Heiße Eckbert", den ich leider zu spät wahrnahm, und erwiderte mein Zwinkern mit einem frivolen Grinsen.

Irritiert blieb ich stehen. Und in diesem Moment fiel mir etwas Weiches, Weißes über den Kopf und nahm mir die Sicht. So wurde die Schrecksekunde, die mich angesichts der unerwarteten Anwesenheit des Souffleurs gelähmt hatte, von der nächsten abgelöst, in der ich weder wusste, wie mir geschah noch wie ich mich verhalten sollte.

Ich ließ das Schafott fallen und versuchte mich aus meiner hilflosen Lage zu befreien. Es gelang mir jedoch nicht, mich dieses Gespinstes, das meinen Körper nun fast gänzlich umfing, zu entledigen. Und erst in diesem Moment wurde mir bewusst, dass es sich nur um den riesigen Schal aus Glasseide handeln konnte, in den ich mich verheddert hatte.

Der Regisseur war nämlich – wie viele andere auch, die dem jeweiligen Stück ihren persönlichen Stempel aufdrücken wollten – auf die Idee gekommen, die Begnadigung Mackie Messers in letzter Sekunde durch die Königin auf moderne, spektakuläre Art zu inszenieren: Die rüstige Queen kam – man höre und staune – auf der Strickleiter eines Hubschraubers heran geschwebt. Damit man diese Leiter samt Königin vom Zuschauerraum aus nicht zu früh bemerken konnte, hatte man sie mit einem breiten Streifen aus leichter, weißer Glasseide verhüllt. Und eben dieser Schal, der über das untere Ende der Strickleiter ein Stück weit hinausragte, hatte sich in meiner Pickelhaube verfangen.

Mir gingen tausend Fragen durch den Kopf: War ich zu spät losgelaufen? Hatten die Kollegen auf dem Schnürboden die Zugstange zu früh herabgelassen? War ihnen das Zeichen von der Inspizientin möglicherweise zu zeitig gegeben worden? Oder mir nicht rechtzeitig genug? Wie auch immer. Mir blieb keine Zeit, darüber nachzudenken, denn im Zuschauerraum wurde es unruhig, und auch seitlich von mir vernahm ich verhaltenes Gekicher.

Ich wühlte mich durch den glatten Stoff und drehte mich um die eigene Achse, derweil die Queen auf ihrer Strickleiter an Höhe zu gewinnen suchte, um den Blicken des amüsierten Publikums zu entschwinden. Eben glaubte ich, das richtige Ende des Gordischen Knotens in der Hand zu halten und nur noch behutsam daran ziehen zu müssen, als ich einen Ruck verspürte und den Boden unter den Füßen verlor. Jetzt war ich den Schal los. Und mit ihm die Pickelhaube, die mir, als man die Zugstange empor gezogen hatte, unsanft vom Kopf gerissen worden war.

Da lag ich nun ein paar Sekunden lang wie ein Käfer auf dem Rücken und blinzelte, unfähig zu klaren Gedanken, in Richtung des Schnürbodens. Dann raffte ich mich mühsam auf. Keiner der Umstehenden half. Jeder wahrte die Kontenance, die hier allerdings fehl am Platze war. Schauspieler mit mangelndem Improvisationstalent mögen rar gesät sein, doch an diesem Abend schienen sich die Wenigen, die es an diesem Hause gab, um mich herum versammelt zu haben.

Ich war glücklich auf die Beine gekommen und nahm mein Schafott auf, ließ es jedoch, während mir erneut der Schreck durch die Glieder fuhr, wieder fallen. Jetzt dröhnte Gelächter aus der anonymen Masse des Publikums an meine Ohren, und gleich darauf brach sich tosender Beifall Bahn bis in die hintersten Winkel der Bühnendekoration. Und warum? Während meines unfreiwilligen Fluges über den Bühnenboden waren mir nicht nur die Pickelhaube, sondern auch sämtliche Knöpfe der Jacke abhanden gekommen. Überdies hatten sich die Hosenträger gelöst. Der Hose war damit die Chance verwehrt worden, sich gleichzeitig mit mir erheben zu können; sie blieb einfach zu meinen Füßen liegen und gab meinem rot-weiß gestreiften Slip die Gelegenheit, sich in voller Schönheit zu präsentieren.

Mir wurde übel. Ich bekam noch mit, wie dem „Heißen Eckbert" die Kinnlade auf das Textbuch prallte, während die Inspizientin neben ihr Pult griff und rücklings vom Drehhocker fiel. Dann hörte ich das Tosen um mich herum nur noch aus weiter Ferne.

Vom Unterbewusstsein gesteuert, tat ich alles Weitere, ohne mich später daran erinnern zu können. Meine Kollegen erzählten mir, ich hätte mich wie in Trance gebückt und die Hose hochgezogen, sie mit der Linken festgehalten, dem Schafott ein paar Tritte versetzt, um es an die richtige Stelle zu bugsieren und dann nach dem Strick gegriffen, der vom Galgen baumelte. Bis zu dieser Stelle waren sie sich einig, über den weiteren Verlauf meines Auftritts jedoch gab es die haarsträubendsten Versionen. So soll ich – während ich die Gewalt über meine Uniformhose erneut verlor – Hans-Joachim Hegewald, alias Mackie Messer, unsanft auf das Schafott gezerrt und ihm den Strick fester als nötig um den Hals geschlungen, ja gar versucht haben, ihn tatsächlich zu hängen. Ein anderer behauptete, ich hätte nur dagestanden und mit irrem Blick vor mich hin gebrabbelt, während der Nächste beteuerte, man hätte mich nach einem hysterischen Anfall ohnmächtig von der Bühne getragen. Jeder meiner Kollegen, jede Garderobiere, jeder Schauspieler, Maskenbildner, Requisiteur, Seitenmeister, Komparse – kurzum jeder, der in diesem Augenblick das Treiben auf der Bühne verfolgt hatte, wusste etwas anderes zu berichten. Die Wahrheit, so denke ich, liegt irgendwo dazwischen, und das ist schlimm genug.

Ich hatte Glück und brauchte kein Monatsgehalt zu berappen. Die ganze Sache wurde als Verkettung unglücklicher Umstände abgetan. Und das war sie denn wohl auch gewesen.

Ich war am Ende angelangt. Wolfgang bedankte sich freudestrahlend und eilte in seine Wohnung. Dann hörte ich längere Zeit nichts mehr von ihm, und als er mir Wochen später über den Weg lief, nutzte ich die Gelegenheit und fragte ihn, wie sein Seminar denn gelaufen sei.

„Weißt du", sagte er mit glänzenden Augen. „Deine Geschichte hat eingeschlagen wie eine Bombe. Die Studenten haben noch Tage später diskutiert, was die wahre Ursache für dein Desaster gewesen sein mag."

„Ich glaube nicht, dass sie es herausfinden werden. Es gibt einfach zu viele Möglichkeiten."

„Ist ja auch egal – lustig ist deine Story allemal. Könntest du eigentlich veröffentlichen."

Er verabschiedete sich lachend und ließ mich nachdenklich zurück. Wer weiß, dachte ich, vielleicht versuche ich das tatsächlich mal irgendwann.

Frank R. Bulla

Stress-Bewältigung

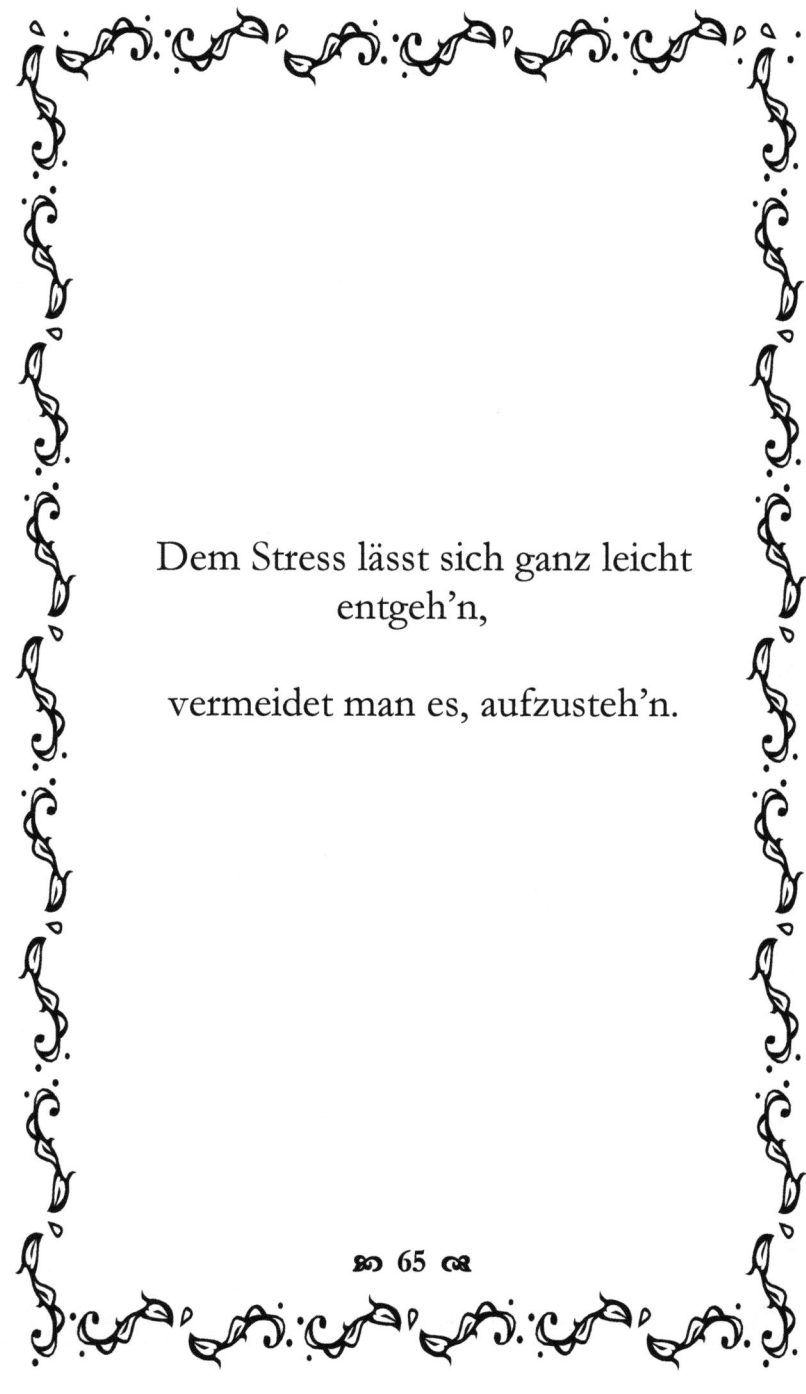

Dem Stress lässt sich ganz leicht entgeh'n,

vermeidet man es, aufzusteh'n.

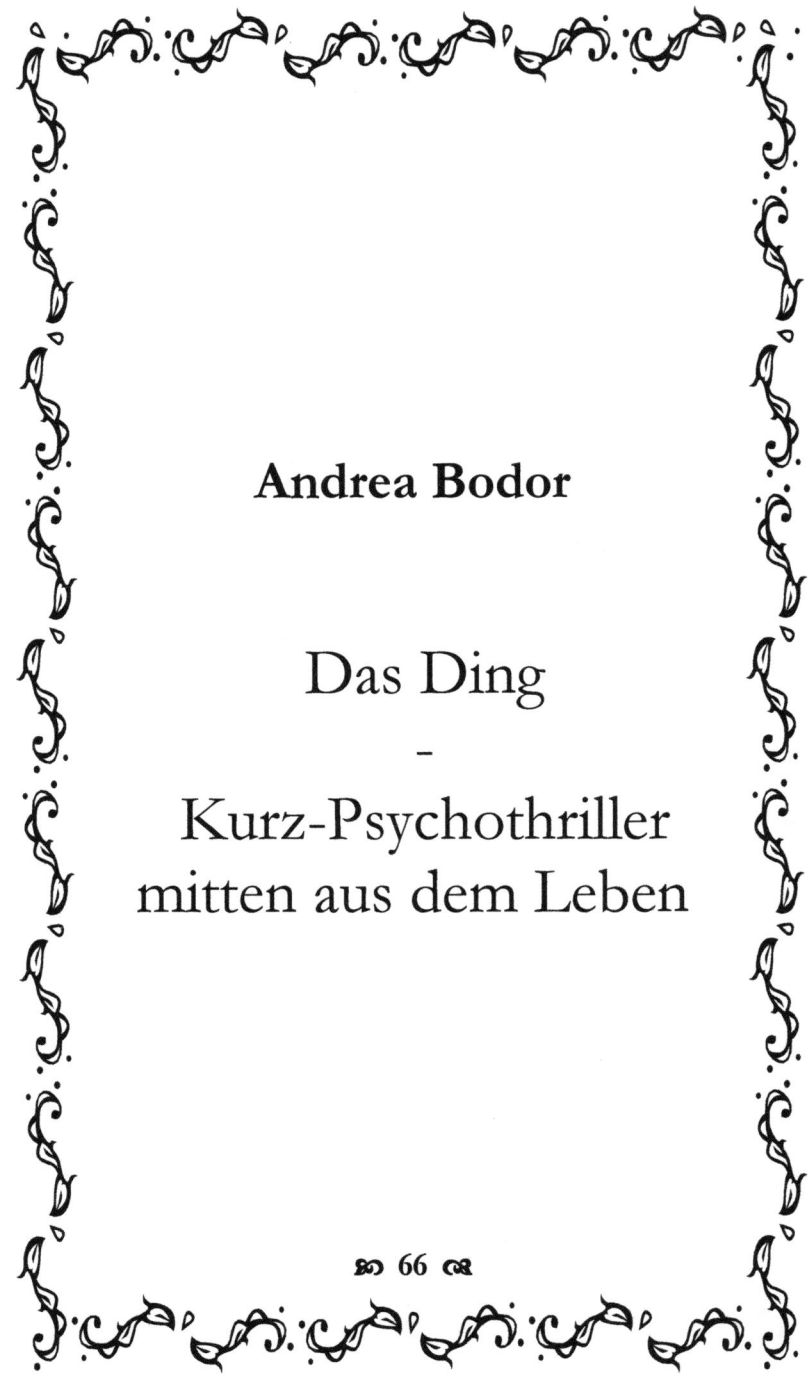

Andrea Bodor

Das Ding

-

Kurz-Psychothriller
mitten aus dem Leben

Das Ding ist eines jener Sachen, die garantiert ein jeder kennt! Kein Haushalt bleibt von den heimtückischen Dingern verschont und jeder Mensch ist so einem Ding schon einmal in die Falle gegangen.

Plötzlich und unerwartet ist es da.

Das Ding.

Ratlose Blicke werden ausgetauscht. „Kennst du das?" und „Wo kommt das denn her?" oder „Was hat dies denn hier zu suchen?" und besonders „Was ist das denn für ein Ding?", sind die Bestandteile der nächsten Minuten Unterhaltung.

Jeder ist sich sicher, das Ding schon einmal gesehen zu haben. „Das kenne ich, ich weiß nur gerade nicht woher!", beherrscht die Gedanken.

Nach etlichen Minuten angestrengter Forschung in den hintersten Ecken der Erinnerung, gibt man erfolglos auf.

Das Ding lässt sich einfach nicht fassen, aber es pflanzt fast hypnotisch den Gedanken in das Hirn, *das Ding hebe ich besser gut auf, ich weiß, es war irgendwo wichtig.*

Also wird das Ding an einen sicheren und gut auffindbaren Ort verbracht. „Denk bitte mit daran, wenn wir wissen, wo das Ding hingehört, ich habe es HIER dazu gelegt!"

Die Tage und Wochen vergehen. Immer wieder fällt einem das Ding auf, und die vergebliche Suche in den Abgründen des Kopfes wiederholt sich mehr als ein Mal.

Das Ding ist da, das Ding hat seinen festen Platz, genau so wird es abgespeichert, und irgendwann steht für die Erinnerung fest, *das Ding ist da, wo es hin gehört.*

Schwups, hat das Ding die Runde 2 gewonnen. Man meint beinahe, es heimlich kichern zu hören.

Dann, eines Tages, man ist mit Sicherheit nicht zu Hause, sieht/hört/liest man etwas - und plötzlich weiß man genau, wo das Ding hin gehört!
Prima!
„Ätsch Ding, ich habe die Final-Runde gewonnen."
Und ganz leise klingt das Kichern erneut.
Das Ding zieht alle Register, manches Mal wiederholt sich das vorangegangene und folgende Szenario einige Male, denn das Ding schafft es, dem Gedankenspeicher die Kurzform *Ding gefunden, eingefallen wo es hingehört, gut untergebracht* leicht umsortiert einzugeben.

3:0 für das Ding

Endlich möchte man das Ding loswerden, weiß man doch jetzt wirklich, wo es hin gehört. Doch was ist das? Das Ding ist weg!
„Wo hatten wir das Ding nochmal hingelegt?"
„Verdammt, vorgestern hatte ich es doch noch

gesehen!" Das Ding bleibt verschwunden. Die Koordinaten seines so sicheren Aufbewahrungsplatzes weg gewischt. Alles Suchen und Fluchen hilft nichts.

4:0 für das Ding

Das (vorübergehende) Finale - endlich ist es wieder aufgetaucht, das Ding.

Doch die Freude währt nur von kurzer Dauer. „He, das ist doch das Ding, das wir neulich gesucht haben!" „Du weißt schon, nach XYs Party, wo uns eingefallen ist, wofür wir das brauchen, und wir es dann nicht finden konnten. - Na prima, jetzt kann ich das Ding ja endlich -

„Wo gehörte das jetzt nochmal hin?"

Matthias Albrecht

Friede sei mit euch

Ich bin Hausmeister in einem Asylantenheim und habe damit direkten Einblick in die Lebensweise der Syrer, Marokkaner, Iraker, Afghanen, Tunesier, Algerier und anderer Migranten. Ein buntes Völkchen mit einer ganz eigenen, knuffigen Mentalität. Zu Beginn kollidierte diese mit meiner schwerfälligen deutschen des Öfteren. Inzwischen habe ich mich erfolgreich integriert und weiß mein Völkchen, wie ich es nenne, zu nehmen. Man muss sich eben anpassen, wenn man in der Minderzahl ist. Die Leute haben nun mal ein heißblütiges Temperament. Das liegt in ihrer Natur. Da kann man nichts machen. Und sie haben ihre Gewohnheiten, von denen sie nicht lassen wollen. Mein Gott – es sind ja auch nur Menschen.

Gut, vielleicht muss man die Schafe und Ziegen ja nicht unbedingt im Waschmaschinenraum schächten. Doch in Ermangelung einer entsprechenden Örtlichkeit (noch hat unsere Landesregierung die Zeichen der Zeit nicht erkannt) ist dies wohl das kleinere Übel. Schließlich sind die winzigen Nasszellen in den Wohnbereichen ja auch kaum geeignet dafür. Und die Lärmbelästigung des Nachts? Die Anwohner beschweren sich täglich zuhauf. Du liebe Zeit, das ist ja nun wirklich kein Problem. Reine Gewohnheitssache. Ich meine, zur Zeit des Ramadans nimmt ja auch niemand Rücksicht und stellt tagsüber die Abrissarbeiten im alten Fabrikgelände nebenan ein, damit unsere zweihundertsiebzehn Muslime ruhig schlafen können.

Schön, die Messerstecherei vor zwei Wochen hätte ja nun nicht unbedingt sein müssen. Wenn man dem Täter jedoch Glauben schenkt, tat er nur, was er seinem Rechtsverständnis gemäß tun musste. Woher sollte er auch wissen, dass die Blutrache in Deutschland nicht praktiziert werden darf? Mann kann doch niemanden verurteilen, der lediglich sein traditionelles Gewohnheitsrecht ausübt. Deshalb geht es mir auch nicht in den Kopf, warum man die Nordafrikaner, die in der Kölner Silvesternacht des Jahres 2015 angeblich deutsche Frauen sexuell belästigt haben sollen, strafrechtlich verfolgt. Die sind sich natürlich keiner Schuld bewusst. Waren doch die Frauen diejenigen, welche provokant auftraten. Warum liefen sie auch zu nachtschlafender Zeit unverschleiert und in engen Jeans draußen herum und erdreisteten sich, zusammen mit den Männern feiern zu wollen? In Marokko wäre das nicht passiert. Dort ist die Welt noch in Ordnung. Zumindest in dieser Beziehung.

Worüber sich die Deutschen aber auch aufregen! Wenn ein Migrant im Supermarkt ein paar Rindswürstchen oder ein Stück Gebäck mitgehen lässt und erwischt wird, ist das gleich ein Staatsverbrechen. Ha! Am Ende landen die Waren, deren Verbrauchsdatum überschritten ist, eh in der Abfalltonne. Welch eine Verschwendung! Die Polizei indes zeigt sich einsichtig. In Kiel beispielsweise werden Ladendiebstähle, von illegalen Einwanderern begangen, überhaupt nicht mehr geahndet. Ein Personenfeststellungsverfahren ist ja auch viel zu aufwändig und unverhältnismäßig teuer. Dafür könnte man sich pro Fall siebzehntausend Rindswürstchen kaufen. Soviel zur Relation. Wenn man das vergleicht, großer Gott – ich meine, in Syrien beispielsweise werden die friedliebenden Menschen vom Islamischen Staat verfolgt, mit dem Tod bedroht, ihrer Habe und ihres Heims beraubt – da dürften diese Paar Würstchen im Wert von wenigen Euro für das reiche Deutschland doch nur Peanuts sein, nicht wahr?

Im Übrigen ist das Problem hausgemacht. Wenn die Flüchtlinge genügend Taschengeld bekämen, hätten sie es doch nicht nötig, zu klauen. Oder kämen Sie etwa mit hundertvierzig Euro im Monat hin? Keine Angst. War nur eine rein rhetorische Frage – ich erwarte nicht wirklich eine Antwort.

Ich bin tief erschüttert angesichts der ablehnenden Haltung und den Vorverurteilungen meiner Landsleute den Fremden gegenüber. Dabei waren es in erster Linie doch wir Deutschen, welche die Flüchtlinge ermunterten, zu uns zu kommen. Was soll nun werden? Wie soll, wie kann, wie muss es weitergehen?

Es ist gar nicht so schwer, miteinander auszukommen. Wenn man sich nur Mühe gibt und seinen „Inneren Schweinehund" überwindet. Seit ich an der Volkshochschule mit Erfolg einen Arabisch-Sprach- und Schreibkurs absolvierte und den Koran (fast) auswendig herbeten kann, darf ich sogar unseren erkrankten Vorbeter vertreten. Natürlich musste ich zuvor zum Islam konvertieren. Das war Bedingung. Sei's drum. Man muss Opfer bringen. Und doch geschah es eher aus mitfühlender Nächstenliebe heraus als aus selbst auferlegtem Zwang. Und nicht zuletzt aus Einsicht in die Notwendigkeit.

Es wird Zeit, dass wir Deutschen uns integrieren. Wir können dabei nur gewinnen. Und – glauben Sie mir – we can! - wir schaffen das!

So, nun muss ich mich aber sputen, sonst komme ich zu spät zum Morgengebet. Na ja, was heißt zu spät – ohne mich als Vorbeter geht es ja ohnehin nicht los.

In diesem Sinne: Salam alaikum!

Frank R. Bulla

Briefkasten-Leerungszeiten

Von der Post sind wir ja einiges gewohnt. Ob es fadenscheinige Preiserhöhungen sind oder reduzierter Service (man nehme nur allein die immer kürzer werdenden Öffnungzeiten der Postschalter oder die Reduktion von Briefkästen in der Stadt oder auch die Verminderung von deren Leerungszeiten) oder die gefühlte Verlangsamung der Zustellung (früher witzelte man ja immer mal ganz gern, dass das Logo der Post, das Posthorn, eine auf den Kopf gestellte Schnecke darstellt). Und oft schon musste ich mich bei der bundesweiten Kunden-Hotline (denn lokal sind die Betriebe der „Deutschen Post" für Kunden telefonisch offenbar nicht mehr erreichbar) beschweren wegen zeitweiliger vermehrter Irrläufer im heimischen Briefkasten oder weil der Postbote offenbar nicht mehr die Zeit fand, die Briefe nachhaltig im Briefschlitz zu versenken, sodass sie halb heraushingen, was durchaus datenschutzrechtliche Bedenken mit sich bringt.

Inzwischen findet man sogar Briefkästen, die gar keine Leerungszeiten mehr ausweisen. Als Kunde fragt man sich natürlich, ob diese speziellen Briefkästen überhaupt noch geleert werden? Oder ob es dem Gutdünken der fahrenden Mitarbeiter überlassen ist, ob und wann sie einen Briefkasten leeren?

Konsequent wäre jedenfalls, wenn die Post wenigstens eine entsprechende Beschriftung anbringen würde: „Lieber Kunde! Dieser

Briefkasten wird regelmäßig geleert – nämlich immer dann, wenn er randvoll mit Post gefüllt ist. Die aktuelle Füllmenge können Sie mit beigefügtem Hämmerchen selbst testen! Wenn es sehr hohl klingt, dauert die Abholung wohl noch ein wenig ..."

Sina Blackwood

Alles klar?

Iris Fritzsche

Gesinnungswandel

Also, beim Reisebüro werde ich den Trip „Das Schloss von Dornröschen" mindestens beanstanden! Was da für Zustände herrschen! Nicht nur, dass die Bediensteten unter Tarif bezahlt werden und in der Küche ein Fall wiederholter Kindesmisshandlung registriert wurde. Nein, ich musste sogar der Zerstörung fremden Eigentums hilflos zusehen!

Aber der Reihe nach. Ich hatte eine dieser jetzt so angesagten Kurzreisen in die Vergangenheit mit märchenhaftem Aufenthalt gebucht. Besonders diese „Dornröschentour" hat die Reisetante angepriesen wie Goldstaub. Es klang auch recht interessant. Hat mich, als großer Märchenfan, natürlich gereizt.

Zuerst wurde man entsprechend der alten Zeit umverkleidet. Dann ging es los. Schon die Reise fühlte sich an, als würde man durch ein Staubsaugerrohr gezogen. Nach kurzer Zeit landete ich aber wirklich am angegebenen Ziel.

Ich fiel auch tatsächlich nicht auf, da gerade die Vorbereitungen für ein großes Fest liefen. Die Zeit wollte ich nutzen, um mich umzusehen. Am interessantesten war für mich der Küchenbereich. Nicht, dass ich die Töpfe ausschlecken wollte, nein, ich wollte mich wirklich nur umschauen.

Der Küchenjunge schien tatsächlich auch der bevorzugte Prügelknabe des Kochs zu sein. Hierzulande wäre da längst das Jugendamt eingeschritten! Gemüse putzen, Kartoffeln schälen und Fleisch schneiden - alles echte Handarbeit. Dann aber hörte ich plötzlich klirrende Geräusche aus dem Keller.

Ohne Kerze schlich ich mich die dunkle Treppe hinab. Am Ende des Kellergewölbes sah ich einen Lichtschein. Zwei Küchenmädchen standen dort, schrien unflätige Worte und dabei klirrte es ständig. Als ich mich näher heran geschlichen hatte, sah ich auch den Grund für das Klirren.

Die beiden hatten einen großen Korb mit altem Geschirr dabei. Dieses warfen sie wutentbrannt mit kräftigem Schwung gegen die Wand. Als der Korb leer war, atmeten sie tief durch, pusteten die wirren Haare aus dem Gesicht und stiegen zufrieden mit sich und ihrem Tun die Treppe zur Küche hinauf.

Dort wurden sie vom Koch mit den Worten: „Na, jetzt wieder arbeitsbereit?", erwartet.

Mir schien, dass es sich dabei um keinen einmaligen Vorfall handelte. Als ich den Koch daraufhin ansprach, erklärte er mir, dass es hier durchaus üblich sei, auf diese Art seine Wut über jedwedes Problem abzureagieren.

„Den Weibern geht es viel besser, wenn sie mal was zerschmeißen können", meinte er grinsend.

Außerdem brauche er dadurch weniger zu schreien, was auch noch für seine Stimme gut sei. Damit ließ er mich stehen und wandte sich wieder dem Braten zu.

Verblüfft verließ ich die Küche.

Dinge gegen die Wand schmeißen und dabei die Wut herausschreien? Hm, eigentlich gar nicht so schlecht, diese Idee. Vielleicht sollte ich die Reise doch nicht beanstanden, sondern sie als Bildungstour weiterempfehlen? Grund zur Wut und Gegenstände zum Zerschmettern, lassen sich sicher in jedem Zeitalter finden!

Frank R. Bulla

Staubsauger
am Morgen

Im Urlaub widerfahren einem zuweilen die merkwürdigsten Dinge - zum Beispiel beim Frühstück ...

Bereits unsere erste Konfrontation mit der ersten Mahlzeit des Tages – es war Mittwoch – brachte eine bislang nirgendwo auf der Welt erlebte Überraschung: Mitten in der relativ kurzen Frühstückszeit (08:00 bis 10:00 Uhr) wurden wir durch ein äußerst lautes Geräusch aufgeschreckt: Ein junger Mann, seines Zeichens Bufett-Auffüller, Tischabräumer und Musik-CD-Starter (positiv hervorzuheben sei sein guter Geschmack in Bezug auf spanische Musik) war auf der anderen Seite des Frühstücksraums über einen Staubsauger gebeugt, den er eifrigst und vollkommen ungeachtet der verwundert bis ärgerlich dreinblickenden Gäste über einen Zeitraum von wenigstens zehn Minuten betätigte. Das Getöse machte jegliche Unterhaltung am Tisch unmöglich.

Da aus der Entfernung und aus der Situation heraus nicht der Grund für die nicht unerhebliche Ruhestörung zu erkennen war, versuchten wir die ungewöhnliche Tätigkeit damit zu erklären, dass wohl ein Gast den Bereich um seinen Tisch herum ganz besonders verschmutzt haben musste.

So taten wir das Geschehen als einmaligen Ausreißer ab.

Das Frühstück am Donnerstag verlief nahezu ereignislos, sieht man mal davon ab, dass die diesmal für die Musik zuständige, etwas ältere Kollegin offenbar mehr auf stinknormale Pop-Musik stand. Der junge Mann hatte wohl seinen freien Tag.

Der Freitag gestaltete sich abermals sehr lebendig: Der junge Mann war wieder im Dienst und betätigte CD-Player wie auch Staubsauger wie gewohnt virtuos. Ich muss gestehen, dass mir überhöhte Lautstärke beim Essen doch ein wenig auf den Magen schlägt, was mich nach kurzer Überlegung dazu veranlasste, den Raum zu durchqueren, um den jungen Mann anzusprechen. Ich kann zwar ein wenig Spanisch, aber durch die ärgerliche Situation ein wenig aufgebracht, fehlten mir dann doch die passenden Worte. Gleichwohl hätte mich ein aussagekräftiger spanischer Satz in diesem Moment eh nicht weitergebracht, da man mich ob der Lautstärke wohl eh kaum hätte verstanden können. Stattdessen warf ich einen Blick auf die Höllenmaschine, suchte erfolglos nach dem Knopf zum Ausschalten und hatte dann zumindest die Hoffnung, zu erkennen, wo das Stromkabel entlanglief, um der Maschine durch Ziehen des Steckers den Garaus machen zu können. Aber das Kabel verlief irgendwo unter und an den Tischen vorbei, wo Gäste saßen.

Da der Herr mit dem offensichtlichen Putzfimmel mächtig vertieft in seine reinigende Tätigkeit war und nicht wahrnahm, dass ich bestimmt schon 20 Sekunden bei ihm stand, tippte ich ihn kurzerhand an, um ihn auf mich und mein Anliegen aufmerksam zu machen. Angesichts des Lärms machte ich per Handzeichen deutlich, dass ich beim Essen bin und das es sehr laut ist. Zunächst machte er den Eindruck, dass er verstanden hätte, er möge mir in irgendeiner Angelegenheit das Frühstück betreffend behilflich sein, schaltete also den Staubsauger aus und wollte sich schon auf den Weg zu unserem Tisch machen. Ich stoppte ihn und warf ihm ein paar Worte hin, die „estamos comer" („wir essen gerade") enthielten und einen Hinweis auf den Krach („muy ruidoso"). Allmählich schien er den Zusammenhang zu begreifen, gestikulierte (des Englischen war er im Grunde nicht mächtig, zudem schien er davon auszugehen, dass ich kein einziges Wort Spanisch verstehe), wohl um mir zu zeigen, dass er saugt, damit hier keiner ausrutscht, und trottete mit seinem Staubsauger von dannen.

Eines kleinen Erfolgs gewiss, nahm ich wieder Platz, um das Frühstück fortzusetzen. Zehn Minuten später jedoch dröhnte wieder das Staubsaugergeräusch herüber. Immerhin erhoben jetzt auch andere aus der sonst eher ängstlichen und uncouragierten Schafherde ihre Stimmen. Vor allem wohl jene, die augenscheinlich von der hinten aus dem Staubsauger austretenden Luft getroffen wurden. Nach weiteren Minuten war der Spuk für diesen Tag vorbei. Zurück blieben ein wenig verstörte Gäste, denen es an Verständnis für die zeitlich völlig deplatzierte Reinigungsaktion fehlte.

Hielten wir die Störung vor dem Freitag noch für eine Ausnahme-Situation, verfestigte sich allmählich der Verdacht, dass der Auftritt des Staubsaugermanns nicht sein letzter war. Vorsorglich informierten wir die Reiseleitung, auf dass diese sich der Sache annehmen würde.

Mal am Rande erwähnt: Auch in der Reise-Branche ist schon längst die Moderne mit der damit verbundenen Ersparnis angekommen. Hatten wir in den Jahrzehnten zuvor noch eine Reiseleitung vor Ort und war diese wenigstens einmal pro Woche persönlich im Hotel anwesend, muss man heutzutage schon mal zur Telekommunikation greifen. Wir entschieden uns jedenfalls für die Konversation per „WhatsApp", was allerdings bekanntlich die Dinge nicht wirklich vereinfachte, weil es immer auch eine Frage dessen ist, wie klar sich jemand ausdrückt und wie gut jemand das Gesagte versteht. Insofern waren zum eindeutigen Verständnis viel mehr Sätze erforderlich, als man am Telefon oder im persönlichen Gespräch gebraucht hätte.

Aber zurück zum Ort des Geschehens ... Vollkommen erwartungskonform hatte der junge Mann am Samstag keinen Dienst. Entsprechend blieb auch der Staubsauger unangetastet an seinem angestammten Platz (an einer Wand des

Frühstücksraumes – wo sonst sollte ein Staubsauger in einem Hotel untergebracht sein!?). Das blieb auch am Sonntag so – und das, obgleich der junge Mann wieder seinen Frühstücksdienst versah. In der Gewissheit, dass unsere Beschwerde bei der Reiseleitung nun endlich gefruchtet hat, sahen wir dem Wochenanfang positiv gestimmt entgegen.

Wider Erwarten hatte der junge Mann am Montag nicht dienstfrei. Dennoch waren wir genauso überrascht wie fassungslos, als er mitten im Frühstück den vermutlich einstigen und inzwischen umgebauten Laubbläser ertönen ließ – diesmal zwar nur gut fünf Minuten lang, aber die Frühstücksruhe war abermals dahin. An diesem Tag erst bekamen wir von der Reiseleitung eine Vorgangsnummer mitgeteilt – vermutlich brauchte es ein paar Tage, um unsere Reklamation an die zuständige Abteilung weiterzuleiten. Da wir – wunschgemäß – nach der ersten Reklamation täglich Bericht erstatteten, sofern es Grund zur Klage gab, mussten möglicherweise in einem umständlichen Verfahren irgendwann erst mal all unsere „WhatsApp"-Nachrichten zu einem Vorgang zusammengebaut und hernach von einem Gremium diskutiert werden.

Der Dienstag war von einem Novum geprägt. Hatten wir uns doch angesichts der erhaltenen Vorgangsnummer und der Abwesenheit des jungen Mannes auf ein ruhiges und besinnliches Frühstück eingestimmt. Diesmal war unser Lieblingsplatz – einige Meter entfernt von dem Bereich, in dem immer mal wieder lautstark gesaugt worden ist – leider besetzt. Mitten im Frühstück befindlich, sahen wir plötzlich eine der beiden älteren Frühstückskräfte in unsere Richtung eilen. Ehe wir uns versahen, hatte sie den Staubsauger in der Hand und dröhnte uns damit minutenlang zu. Sie nahm zwar meine bösen Blicke wahr – ganz im Gegensatz zu dem jungen Mann, der stets völlig unbeirrt sein Ding durchgezogen hatte –, schaute darum fast ein wenig schuldbewusst aus der Wäsche, konnte aber wohl nicht anders, als den Boden mit dem Staubsauger zu bearbeiten. Neben den bösen Blicken, die ich ihr schickte, gab ich auch eine Tirade an Verwünschungen von mir, die sie ob der Lautstärke des Staubsaugers allerdings nicht zu hören vermochte – zu ihrem Glück oder vielleicht auch zu meinem, sonst hätte sie mich womöglich noch wegen Beleidigung belangt. Nachdem sie schließlich mit dem Saugen fertig war, war sie noch mit einem Wischmob im Gange, mit dem sie unsere Hälfte des Frühstücksraums bearbeitete. Wohlgemerkt: während der offiziellen Frühstückszeit.

Was wir tags darauf von unserem gegenüberliegenden Appartement gut zu erkennen vermochten, konnte die lärmende Frühstücksfee einem im Frühstücksraum aufgelaufener Handwerker mit Händen und Füßen in etwa wiedergeben, wie ich mich im Rahmen meines Wutanfalls gebärdet hatte. Das untermalte sie noch mit undefinierbaren Lauten, was ja auch klar war, da sie mich wegen des lauten Staubsaugers nicht hatte hören können – und selbst wenn, hätte sie bestimmt mit den meisten der deutschen Schimpfwörter, die ich benutzte, eh nichts anfangen können.

Ganz allmählich, vor allem auch angesichts der Raumbegehung durch den Handwerker, kam uns der Verdacht, dass die ganze Staubsauger-Aktion möglicherweise mit der Feuchtigkeit an den Wänden und einer eventuell daraus resultierenden Pfützenbildung innerhalb des Frühstücksraums in Zusammenhang gestanden haben könnte, auch wenn wir dessen nicht direkt gewahr geworden waren. Es soll ja Geräte geben, die nicht nur trockene, sondern auch feuchte Substanzen aufsaugen können. Trotzdem fragen wir uns, warum man die Gäste mehrfach mit dem Staubsauger belästigen musste: Mit Besen, Wischmob und Lappen hätte man – wenn es sich denn ganz und gar nicht vermeiden ließ – still und leise agieren können. Jedenfalls war von diesem Tag an Ruhe im Frühstücksraum, bis wir ein paar Tage später schließlich planmäßig abreisten.

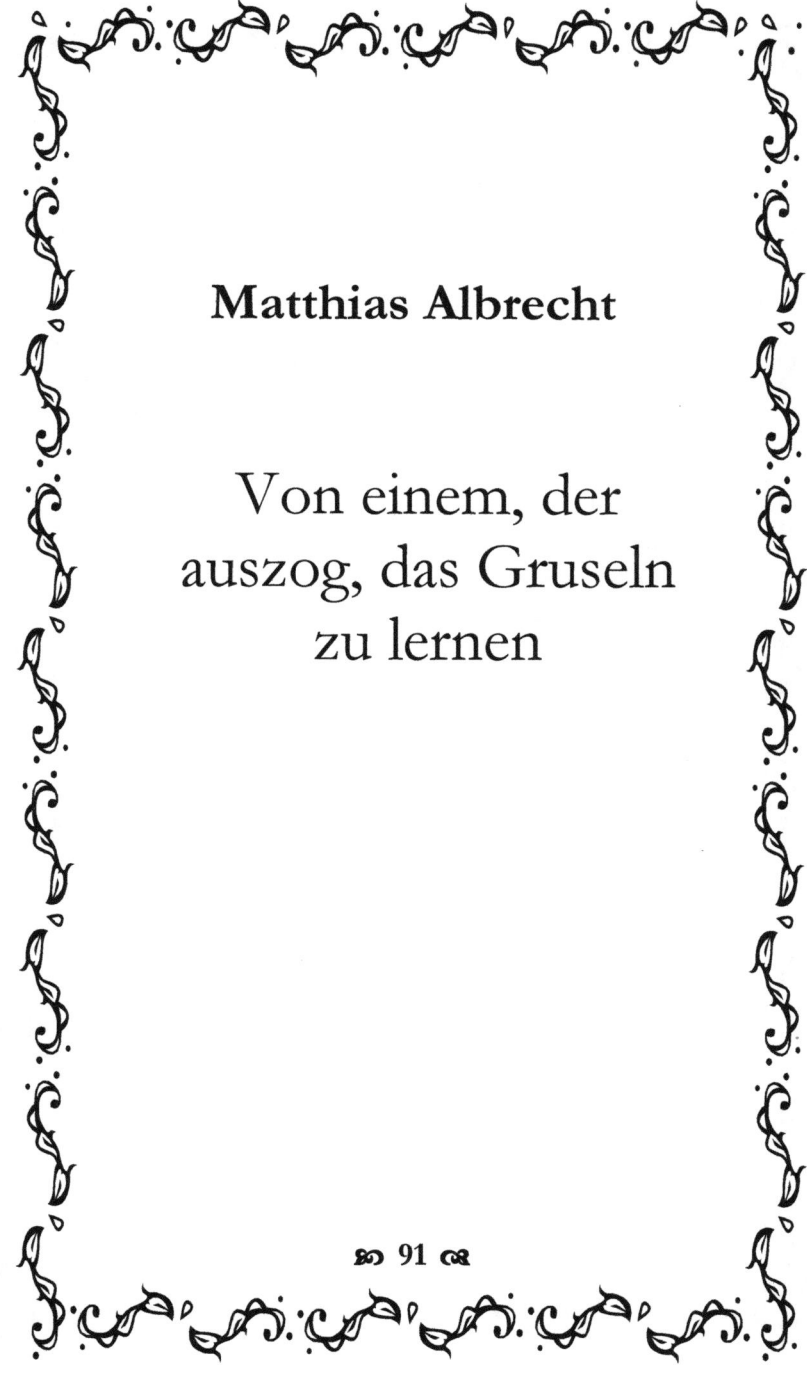

Matthias Albrecht

Von einem, der auszog, das Gruseln zu lernen

Es war einmal ein junger Auszubildender. Dem hatte man auf der Justizvollzugsschule alles beigebracht, was für seine Tätigkeit im Weiteren von Nutzen war. Nun freute er sich auf sein Praktikum, denn er hatte gehört, dass es im Vollzugsalltag mitunter hart zur Sache ging. Das wäre so recht nach seinem Geschmack. Da würde er sich beweisen können.

Aber ach – in welche der Justizvollzugsanstalten er auch kam – überall gingen die Beamten mit stoischer Gelassenheit ihrem Tagwerk nach; nichts Aufregendes geschah. Unser Azubi langweilte sich bald.

„Ach, wenn mir nur gruselte", seufzte er. „Wenn mir nur ein einziges Mal gruselte. Wie froh wäre ich …"

Eines Tages kam er zur „JVA Dingsda mit Dingsbums". Hier traf er auf gestresste und verwirrte Beamte, die mit irrem Funkeln in den Augen und Zuckungen in den Gesichtern ihren Dienst versahen.

„Wir wissen nicht, was wir hier tun", antworteten sie auf seine Frage. „Der tiefere Sinn wird uns wohl auf ewig verborgen bleiben." Damit ließen sie ihn stehen. Der Azubi blickte ihnen verwundert nach.

Am nächsten Tag war er zur Nachtschicht eingesetzt. Er konnte es nicht fassen, dass für vierhundert Gefangene nur zwei Bedienstete im Hafthaus zum Einsatz kamen. Der alte, gehbehinderte Hauptsekretär Heinz Hurtig klärte ihn auf. Er meinte, dass es nun mal nicht zu ändern sei, wenn sich zwei Kollegen kurzfristig krankmeldeten. Angesichts der dünnen Personaldecke könne man auch niemanden zusätzlich zum Dienst einteilen. Er, der junge Kollege, solle sich aber keine Gedanken machen, das sei alles ganz üblich hier. Dann stellte er die Medizinkiste in den Korb seines Rollators und schlich davon.

Während ihm der Azubi noch kopfschüttelnd nachblickte, kam Paul Machnix mit einem Gefangenen den Gang entlang. Er meinte, der Azubi solle mit dem erkälteten Gefangenen doch schnell mal über den Hof zur Krankenabteilung gehen und ihn dort ambulant behandeln lassen. Er selbst müsse im Haus die Stellung halten. Auf den Einwand des Azubis, dass dieser solche Aufgaben nicht allein übernehmen dürfe, antwortete Paul Machnix: „Macht nix, bist doch gar nicht allein. Hast ja den Gefangenen dabei."

Von derart entwaffnender Logik tief beeindruckt, nahm unser Azubi den Gefangenen bei der Hand und ging mit ihm zur Ambulanz. Die dort Dienst verrichtende Schwester war allerdings gerade mit einem wichtigen Telefonat beschäftigt, also setzte sich der Azubi mit dem Gefangenen an einen Tisch auf dem Gang und wartete.

Eine Minute später piepte sein Funkgerät. Der Zentralbedienstete war dran und fragte, wie lange die ambulante Vorstellung noch dauern würde – er habe die Polizei mit zwei Zugängen vor dem Tor stehen. Die Beamten im Hafthaus, so sagte er, wären nicht abkömmlich; sie hatten Kontrollaufgaben zu erfüllen und nebenbei noch die Nachtmedizin auszugeben.

Der Azubi meinte, es könne dauern, weil die Schwester anderweit beschäftigt sei und er den Gefangenen ja nicht einfach hier sitzen lassen könne.

Genervt brummte der Zentralbedienstete etwas wie „… muss ich mir eben was anderes einfallen lassen …" und beendete das Gespräch.

Zehn Minuten später hatte auch die Schwester ihr Telefonat hinter sich gebracht, und bald schon konnte der Azubi seinen verschnupften und mit Nasenspray versorgten Gefangenen wieder auf dessen Station zurückbringen.

Inzwischen waren aus den zwei Zugängen vier geworden. Der Zentralbedienstete hatte sich schweren Herzens entschlossen, entgegen der Vorschrift allein im Pfortenbereich zu verbleiben und seinen Einlassposten zusammen mit dem ersten Zugang und Markus Schließer – dem Mitarbeiter der Sicherheitszentrale – in die Kammer geschickt. Das war riskant, denn wenn dem Zentralbediensteten hier vorn etwas zustieß, käme niemand mehr in die Anstalt hinein oder aus ihr heraus. Die Türen ließen sich schließlich nur über die Pultsteuerung öffnen. Doch was sollte er tun? Er konnte die Polizei ja nicht ewig warten lassen. Den Azubi wies er über Funk an, dem Kollegen auf der Zugangsstation zu helfen.

Drei Stunden später waren alle Zugänge aufgenommen und unter Dach und Fach gebracht. Als die beiden Beamten mit dem Azubi jedoch wieder den Pfortenbereich betraten, kamen sie an der Tür zum Vorraum nicht weiter. Der Zentralbedienstete reagierte weder auf Klopfen und Klingeln noch auf Funksprüche und Telefonate.

Nach Minuten erfolgloser Verbindungsaufnahme kamen sie zu dem Schluss, dass ihrem Vorgesetzten etwas zugestoßen sein müsse.

Was nun? Wie sollten sie ihm helfen?

Markus Schließer rief Heinz Hurtig nach vorn. Der erfahrene Beamte hatte immer gute Ideen.

„Wir rufen den Leiter an", sagte Hurtig. „Vielleicht kann der uns ja helfen."

Während Heinz Hurtig sein Handy aus dem Schlüsselsafe-Fach nahm und die Nummer wählte, stand unser Azubi mit großen Augen neben ihm. Er fühlte, wie es ihm kalt den Rücken hinunterlief.

Der Leiter war nicht erreichbar. Also versuchte es Markus Schließer mit der Polizei. Die sollte einen Streifenwagen schicken und den Schlüsseldienst mitbringen.

Heinz Hurtig tippte sich an die Stirn. „So ein Quatsch. Zeig mir den Knast, der 'n Außenschloss hat."

„Also schön", sprach Schließer ins Handy, „wir brauchen schweres Gerät. Panzerfäuste, Plastiksprengstoff, das Technische Hilfswerk, die GSG 9 – irgendwas in der Art. Und den Notarzt. Wenn 's nicht eh zu spät ist …"

Das Gesicht des Auszubildenden glich einer weißgetünchten Wand mit einem leichten Grünschimmer.

Nach einer Dreiviertelstunde – es ging mittlerweile auf zwei Uhr zu – kamen Hubschrauber. Einer kreiste hoch über der Anstalt, während sich aus dem anderen fünf dunkel gekleidete Gestalten abseilten. Kurzes Gespräch mit den Bediensteten vor Ort, ein paar verschlüsselte Funksprüche – dann dröhnte und polterte es draußen vom Parkplatz her, als rückte die Bundeswehr mit einem Dutzend Panzer an. Es knallte, zischte, rasselte. Riesige Trennschleifer schnitten sich funkenstiebend ihren Weg durch Stahl und Panzerglas; kurze, harte Explosionen folgten. Im Nu war der Einlassbereich in Nebel und Rauch gehüllt. Die Gefangenen, im Glauben, der Dritte Weltkrieg bräche aus, kreischten an ihren Haftraumfenstern.

Minuten später standen Polizei, Rettungskräfte, Heinz Hurtig, Markus Schließer und der Azubi in der Zentrale. Es bot sich ihnen ein Bild des Grauens: Die Telefone klingelten, Summer summten, Signallichter flackerten, die Alarmanlage und Brandmeldezentrale piepten, und das

Radio spielte die Schicksalsmelodie aus „Doktor Schiwago".

In der Ecke, auf dem Fußboden zwischen Heizkörper und Aktenschrank, hockte, unverständliche, beinahe tierische Laute ausstoßend, der Zentralbedienstete. Ein sabberndes, am ganzen Körper zitterndes Häufchen Elend mit glasigem Blick und eingesunkener linker Gesichtshälfte.

„Oh, wie gruselt 's mir", entfuhr es unserem jungen Azubi. Ihm standen die Haare zu Berge. Dann sank er einem Rettungssanitäter in die Arme.

Der Zentralbedienstete überlebte den Schlaganfall. Unser damaliger, hoffnungsvoller Azubi, der sich heute mit Gelegenheitsjobs über Wasser hält, besucht ihn hin und wieder im Pflegeheim. Nachts plagen ihn des Öfteren Albträume. Dann murmelt er im Halbschlaf: „Oh, wie gruselt 's mir, wie gruselt 's mir …", wacht schweißgebadet auf und hat Mühe, sich in die Wirklichkeit zu finden.

Sein Psychiater meint, das werde sich mit der Zeit verlieren. Gebe Gott, dass er recht behält!

Sina Blackwood

Täglich ein Bett
unzerkaut einnehmen

Matthias Albrecht

Bäckermeister Ruppert

Der Bäckermeister Ruppert war
In seinem Dorf ein Superstar.
Was heißt im Dorf – im ganzen Land
War als Genie er wohlbekannt.

Niemand konnt' backen so wie er.
Und es gelang ihm noch weit mehr:
Auch als Konditor war er Klasse!
Der Zuckerguss nur weiße Masse?

Mitnichten – er war ein Gedicht,
Über den man noch heute spricht.
Und dann erst die kandierten Früchte –
Man kannte kaum noch andre Süchte!

Wenn jemand Rupperts Torten aß,
Er alles um sich gleich vergaß.
Ein kleines Stück genügte schon –
Es war des Tagwerks schönster Lohn!

Selbst jener, der meist Fleisch gegessen,
War nun auf Torten ganz versessen.
Doch nur von Rupperts Bäckerei!
Die andern war'n ihm einerlei.

Schon bald wurde der Ruppert reich.
Doch war es seiner Kundschaft gleich,
Dass sie, um sein Gebäck zu naschen,
Tief greifen musste in die Taschen.

Dem Glücklichen schlägt keine Stunde,
Und Ruppert war in aller Munde.
Dies sei mit Absicht doppeldeutig,
Verkündeten die Medien freudig.

Ganz gleich, was Ruppert auch begann,
Es kam niemand an ihn heran!
Die Fans bestürmten ihn in Scharen.
Zumindest noch vor ein paar Jahren.

Denn eines Tags war es vorbei
Mit Rupperts Meisterbäckerei.
Sie schloss man plötzlich über Nacht.
Mein Gott – wer hätte dies gedacht?

Ein Siegel prangte an der Tür:
Die Polizei war kürzlich hier!
Der Staatsanwalt tat ihn verhaften –
Manch einer konnt' es kaum verkraften …

Nun kam ans Licht, was er verbrochen
Zwei Jahre lang und ein paar Wochen:
Im Kuchenteig war Haschisch drin;
Im Zuckerguss gar Kokain!

So hatte Ruppert mit Bedacht
Die Leute abhängig gemacht:
Nur noch bei ihm wollten sie kaufen,
Mussten sie auch zehn Meilen laufen.

Vorbei war das mit einem Schlag
An diesem denkwürdigen Tag.
Der Ruppert saß sehr lang im Knast;
Ihm wurden fünf Jahre verpasst!

Auch seiner Kundschaft ging es mies.
Die Ärzte registrierten dies
Als Drogenentzug erster Klasse.
Oft klingelte jetzt deren Kasse.

Wie kam das Ganze nun ans Licht,
Von dem man sogar heut noch spricht?
Der reine Zufall sei 's gewesen,
So konnt' man 's in der Zeitung lesen.

Ein Polizist mit seinem Hund
Kam eines Tags zu früher Stund'
Zum Bäckerladen und trat ein.
Sein Bello durfte nicht mit rein.

Doch wie der Hund den Duft dann roch,
Der durch die off'ne Türe kroch,
Da wurd' ihm wunderlich zu Mut,
Denn diesen Duft kannte er gut.

Er winselte und bellte laut.
Der Polizist war nicht erbaut.
Doch schnell erkannte er die Lage:
Hier war was faul – ganz ohne Frage!

Er forderte Verstärkung an.
Die kam sofort mit zwanzig Mann
Und Drogenspürhunden sogar,
Wie auch der Bello einer war.

Obgleich Ruppert die Unschuld schwor,
Fand gleich man sein Geheimlabor.
So wurde Ruppert überführt
Und seine Waren konfisziert.

Und die Moral von der Geschicht'?
Gib Haschisch in den Kuchen nicht!
Misch lieber Sägemehl hinein,
Dann wirst du bald auch sehr reich sein.

Sina Blackwood

Armut.
Mindesthirn für alle!

17 Jahre in einer deutschen Firma Vollzeit gearbeitet und nun ausgelassene Freude darüber, dass man den gesetzlichen Mindestlohn erhält?

Nein, das ist beileibe kein Witz!

In dieser Firma waren die Arbeitnehmer selber, ja wenigstens nur finanziell arm dran. Die meisten von ihnen hatten auch solide Ausbildungen, waren aber nicht mehr ganz taufrisch vom Alter her und deshalb froh, überhaupt ein Einkommen zu haben, selbst wenn damit kein Auskommen war.

Denen, die den Hungerlohn zahlten und sogar noch für zu hoch befanden, mangelte es offensichtlich an mehr.

Mit unüberhörbaren geistigen Aussetzern wiesen sie gleich selber auf bestehende Mankos hin, was es den armen Würstchen des Fußvolkes ersparte, sich immer wieder anderen gegenüber erklären zu müssen.

Von Chef zu Chef mit den Inhabern einer Konkurrenzfirma befreundet zu sein? Kein Problem! Erzählt man ihnen eben so, dass die halbe Belegschaft mithören kann, wie man anderen am besten das Wasser abgräbt.

Ja, na klar, kurz darauf wurden die eigenen Mitarbeiter gerüffelt, warum immer weniger Aufträge aus genau jenem Gebiet kämen.

Provisionsabrechnung kein Problem – aber wozu wollt ihr wissen, auf welcher Basis die Provision berechnet wurde? Undankbares Volk!

Antworten auf Fragen? Da hätte jeder Ketten-
hund freundlicher geknurrt.

Zumindest traf und trifft der gute alte Spruch
ins Schwarze: Sklaven entlässt man nicht, die
werden verkauft.

Einen eventuellen Arbeitsplatzverlust, bei solchen finanziellen Grundlagen, als nicht existen-
ziell hinzustellen, setzt schon ein gewaltiges geis-
tiges Vakuum voraus.

Es heißt ja immer so schön: Armut schändet
nicht.

Geistige schon.

Oh, Herr, wirf Hirn vom Himmel! Aber bitte
ziele gut.

Iris Fritzsche

Teamfähig!

In vielen Betriebsgruppen werden Neulinge ganz besonders unter die Lupe genommen. So auch Renate, als sie in ein gut eingearbeitetes Team in der Desinfektionsabteilung des Krankenhauses kam. Zuerst wurde sie, wie üblich ihren Kollegen vorgestellt. Die Gruppenleiterin hielt dazu eine kleine Rede vor der versammelten Truppe. Darin erwähnte sie unter anderem, dass sich Renate sicher gut ins Team einfügen werde, was sich sicher innerhalb der nächsten Wochen zeigen werde. Renate schwante Ärger. Sie rechnete gedanklich bereits damit, dass ihr, der Neuen, sicherlich einige Streiche gespielt werden würden. Was sich schnell bewahrheiten sollte.

In den ersten Tagen war alles ja noch relativ harmlos. Sie wurde mit fingierten Aufträgen quer durch alle Abteilungen geschickt, sollte völlig unnötige Zahlen abfragen oder nicht vorhandene Lieferungen in Empfang nehmen. Renate nahm es sportlich. Sah sie darin doch eine gute Gelegenheit nicht nur ihren direkten Arbeitsbereich, sondern große Teile des gesamten Hauses kennenzulernen. Schnell merkten ihre neuen Kollegen, dass Renate recht clever war und ihre kleinen Scherze rasch durchschaute. Manchmal warf sie sogar schon verbale Spitzen zurück, wenn es ihr gar zu arg wurde. Allmählich schien sie im Team angekommen zu sein, dachte sie zumindest. Doch die Kollegen hatten noch ein paar schärfere Sachen auf Lager.

So steckten sie zum Beispiel nasse Moosstücken unter die zu reinigenden Matratzen, in die Renate ahnungslos hinein griff. Ein unangenehmes Gefühl! Sie erwartete eine feste Unterlage und erwischte nassen, unangenehm riechenden Matsch. Ihr lief es dabei zwar manchmal eiskalt den Rücken herunter, mehr aber nicht. Die Kollegen, die sich hinter der Tür versteckt hatten und lauschten, waren enttäuscht. Kein Schrei, nicht mal ein Quietscher drang in ihre Ohren. Besonders arge Scherze heckte fast immer die Gruppenleiterin aus, wie sie schnell mitbekam.

Allmählich hatte Renate diesen Kinderkram aber satt. Sie beschloss nun ihrerseits zurückzuschlagen. Nach dem sie ein paar Tage überlegt hatte, fiel ihr auch etwas passendes ein. Dazu benötigte sie aber ein kleinwenig Hilfe von einer Freundin. Diese hatte nämlich ein etwas ausgefallenes Hobby. Sie hielt Schlangen! Nein, eine Schlange wollte sie in der Abteilung nicht loslassen. Das konnte nach hinten los gehen. Doch bei dem Gedanken an den geplanten Streich grinste sie nicht nur in sich hinein, sondern über alle Backen.

An einem Freitag war es dann soweit. Heute sollte die Gruppenleiterin die Monatsstatistik abgeben. Renate wusste, dass diese schon fertig in der Schreibtischschublade lag. Darauf baute sie ihren Plan. An diesem Freitag war sie besonders pünktlich auf ihrem Arbeitsplatz. Geschäftig wischte und putzte sie Matratzen, OP-

Bestecke und alles war noch so anfiel. Dabei sah sie heimlich immer wieder auf die Uhr. Gegen acht, kurz vor dem Frühstück, verschwand die Gruppenleiterin in ihrem Büro. Es dauerte auch gar nicht lange, da ertönte ein ohrenbetäubender Schrei durch den gesamten Flur. Alle rannten erschrocken in Richtung Büro, denn sie vermuteten einen Unfall ihrer Chefin. Die aber kam kreidebleich aus dem Zimmer. Sah in die Runde. Alle blickten sie entsetzt an. Alle? Nein, ein Gesicht zeigte einen eher befriedigten Gesichtsausdruck. Es war das Gesicht von Renate. Denn sie war es gewesen, die die tote Ratte in die Schublade mit dem Bericht gelegt hatte. So entsetzt die Chefin auch in dem Moment gewesen war, so hatte Renate damit ihr Ziel erreicht. Von dem Tage an kam niemand mehr auf die Idee, ihr einen Streich zu spielen, um ihre Teamfähigkeit zu testen, wie sie es nannten.

Sina Blackwood

Oh, du schöne Weihnachtszeit!

In des Winters grauen Stunden
lockt mit Licht man Kunden an.
Doch dreht hier auch seine Runden,
der das gar nicht leiden kann.

Zeitschaltuhr am Weihnachtsbaum
ist des Wahnsinns fette Beute.
Stets verstellt im Vorführraum,
so beschäftigt man die Leute.

Tag für Tag, an jedem Morgen,
stellt wer richtig ein die Zeit.
Doch es folgen and're Sorgen
und die gehen doppelt weit.

Weg ist plötzlich gar die Uhr.
Ganz verschwunden! Sonderbar.
Hasser gibt es einen nur.
Dass er's war, ist sonnenklar.

Und man schaut, nach erstem Meckern,
ob man ihn vielleicht erwischt.
Wenn er zieht an allen Steckern,
dass das Licht sofort erlischt.

Doch bis dahin wird geschichtet,
alles was man finden kann,
um den Baum schön hergerichtet,
was man grad entbehren kann.

Denn der Schuft soll Mühe haben,
wenn er nach den Steckern fasst.
Sich durch Warenberge graben,
stöhnen unter deren Last.

Und in Kindergartenweise,
anders hat es keinen Sinn,
(wer es liest, lacht nicht nur leise),
hängen sie noch etwas hin.

Auf dem Blatt steht schön erklärt,
was die Zeitschaltuhr so kann.
Wer sie stiehlt, denkt grundverkehrt.
Also fass sie bloß nicht an!

Sina Blackwood

Aha. Ich dachte, der käme vom Nilpferd.

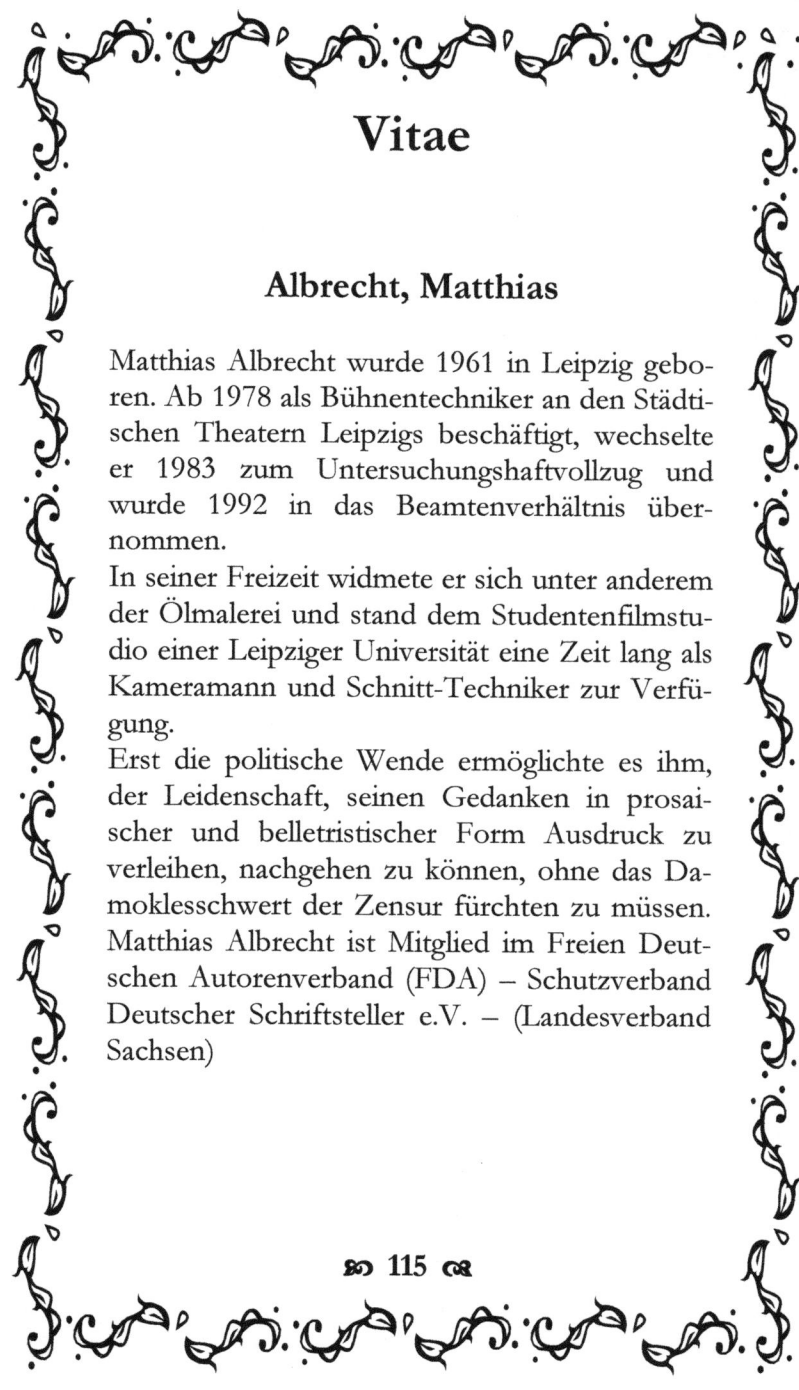

Vitae

Albrecht, Matthias

Matthias Albrecht wurde 1961 in Leipzig geboren. Ab 1978 als Bühnentechniker an den Städtischen Theatern Leipzigs beschäftigt, wechselte er 1983 zum Untersuchungshaftvollzug und wurde 1992 in das Beamtenverhältnis übernommen.

In seiner Freizeit widmete er sich unter anderem der Ölmalerei und stand dem Studentenfilmstudio einer Leipziger Universität eine Zeit lang als Kameramann und Schnitt-Techniker zur Verfügung.

Erst die politische Wende ermöglichte es ihm, der Leidenschaft, seinen Gedanken in prosaischer und belletristischer Form Ausdruck zu verleihen, nachgehen zu können, ohne das Damoklesschwert der Zensur fürchten zu müssen. Matthias Albrecht ist Mitglied im Freien Deutschen Autorenverband (FDA) – Schutzverband Deutscher Schriftsteller e.V. – (Landesverband Sachsen)

Blackwood, Sina (Pseud.)

1962 in Sebnitz geboren, verbrachte sie ihre frühe Kindheit inmitten der Natur. Das hat sie geprägt, spiegelt sich auch in ihren Werken wider. Durch den Umzug ihrer Familie nach Dresden entdeckte sie ihre Liebe zu Museen und Kunstsammlungen. Nach der EOS (heute Gymnasium) und der Lehre zur Wirtschaftskauffrau im Einzelhandel verschlug es sie für einige Jahre an die Ostsee. Inspiriert durch die Schönheit der Landschaft begann sie mit dem Schreiben – und hörte nicht mehr auf. Bis Januar 2018 veröffentlichte sie 38 Bücher, sowie zahlreiche Kurzgeschichten in Anthologien und Online-Magazinen. Sie präsentiert ihre Bücher auf Messen und zieht seit 2015 mit ihrer „Kettenhemd"-Lese-Show durch die Lande. Seit dem Jahr 1996 lebt sie in Chemnitz. Sie ist Mitglied im Freien Deutschen Autorenverband und der Künstlervereinigung fundus artifex.
Mehr zu ihr finden Sie unter:
www.reni-dammrich-geschichtenzauber.de

Bodor, Andrea

Die bunte Welt der Kunst hat sie schon immer fasziniert und hält sie durchgehend gefangen.

Aufgewachsen in einer kreativen Familie, mit Malereien und handwerklichen Arbeiten aller Art, hat sie sich die Grundlage für ihr Schaffen in diversen privaten Kursen, einem Abitur in Kunst und durch vielfältige autodidaktische Weiterbildungen, gelegt.

Die Malereien ihrer Mutter waren schon früh ihr Vorbild, die handwerklichen Arbeit der Männer in ihrer Familie, bei denen sie immer anwesend sein und helfen durfte, ein Ansporn und Quell der Inspiration.

Als Freigeist und „Rebell" gibt es keinen festen Weg und einheitlichen Stil auf den man sie festlegen kann, dazu hat ihr die Kunst zu viel zu geben. Malereien in Acryl finden einen eher abstrakten Ausdruck und experimentelle Kunst. Zeichnungen mit allen ihr zur Verfügung stehenden Materialien wählen den eher den Weg in die Realistik.

Fotografie und digitale Kunst finden bei ihr ebenso ihren Platz, wie vielfältige andere Genre und die Verwendung der unterschiedlichsten Materialien.

Diesmal ist sie also ganz flugs zum Schreiben übergewechselt.

http://www.EliAn-Art.de

Bulla, Frank R.

1956 in einem Dorf in Sachsen-Anhalt geboren, machte er 1960, noch bevor die Grenze zwischen Ost und West nachhaltig dichtgemacht worden ist, zusammen mit seinen Eltern in den Westen rüber. Dort wuchs er im niedersächsischen Celle auf. Nach einer Schriftsetzerlehre, einer Ausbildung zum Erzieher und einem Grafik-Design-Studium machte er sich 1985 mit Gründung eines Stadtmagazins und einer Werbeagentur selbstständig. Hier betätigt er sich von Anbeginn bis dato vor allem mit journalistischen, redaktionellen, gestalterischen und administrativen Aufgaben. 2010 stellte er sein Magazin von Print- auf Online-Betrieb um. Sich dadurch ergebende freie Kapazitäten nutzt er seither u. a. mit dem Schreiben und Halten von Reden sowie mit der Arbeit an einem Band mit Kurzgeschichten.

Internet-Seiten: www.Der-Redner.de und www.CellerScene.de

Fritzsche, Iris

Sie ist eine echt sächsische Pflanze, geboren 1954 in Löbau.

Seit 1961 wohnt sie in Hoyerswerda.

Sie hat drei Kinder, die aber inzwischen alle erwachsen und selbst berufstätig sind.

Zuerst Ausbildung als Lehrerin, aber aus gesundheitlichen Gründen nur kurzzeitig als solche tätig; danach Ausbildung als Ökonomin des Gesundheitswesens; nach der Wende zeitweilig arbeitslos und letztendlich beim Taxifahren angekommen.

Von 1996 bis 2017 war sie als Taxifahrerin tätig und ist jetzt offiziell im Ruhestand oder arbeitender Schreiberling.

Über den Schreibzirkel von Waltraud Skoddow ist sie zum Schreiben gekommen, nach dem sie zuvor nur für die Familie geschrieben hatte.

Bisher hat sie acht Bücher veröffentlicht.

Seit 2011 ist sie Mitglied im FDA-Sachsen und seit 2016 Mitglied in der internationalen Künstlervereinigung Fundus Artifex e.V.

Gimmel, Michael

Geboren am 02.12.1953 in Dresden, verheiratet, zwei erwachsene Kinder, Abitur in Dresden, danach Tätigkeiten als Elektromonteur, Elektroniker, Englischlehrer, Softwareentwickler, Supporter in einem mittelständischen Softwareunternehmen.

Er liebt die Berge, wandert gern, befasst sich intensiv mit Musik, Fotografie und Literatur. Seit seiner Kindheit ist er Fan von Christian Morgenstern, Ringelnatz oder auch Eugen Roth.